Daniel Tomazic

Das Sizilianische Fenster

Roman

Impressum

Bibliografische Information der Deutschen
Nationalbibliothek:
Die Deutsche Nationalbibliothek verzeichnet
diese Publikation in der Deutschen
Nationalbibliografie; detaillierte bibliografische
Daten sind im Internet über http://dnb.dnb.de
abrufbar.

Zeichnungen und Umschlagentwurf
Daniel Tomazic

Herstellung und Verlag: BoD – Books on
Demand, Norderstedt

ISBN: 9783755733034

Kapitel 1

„Noch ein Bier bitte." Der Mann hinter der Bar sah seinen Gast mit skeptisch gehobenen Augenbrauen an. „Sicher?" Der Gast nickte stumm. In diesem Augenblick legte jemand, der gerade die Kneipe betreten hatte, seine Hand auf die Schulter des Gastes. „Hallo Johannes, bist du schon lange hier, entschuldige, dass ich zu spät bin." „Hallo Andy, kein Problem, bist ja nur vier Bier zu spät. Und da kommt ja schon das fünfte." Er warf dem Mann hinter der Bar einen auffordernden Blick zu. „Und machst du meinem Freund hier auch eins?" Andy der eigentlich Andreas hieß, setzte sich auf den Hocker neben Johannes. „Was ist denn los? Du hast schon vier Bier Vorsprung?" Forschend blickte Andy seinen Freund an. Dieser zog nur einen zerknitterten Brief aus der Tasche und knallte ihn vor Andy auf den Tisch, dass das Bier in den Gläsern schwappte. „Mensch pass doch auf.", meckerte Andy. Der Brief hatte sich schnell mit dem übergelaufenen Bier vollgesogen. Andy nahm ihn mit spitzen Fingern und las. „Ach ne.", sagte er nach einer Weile, „Hat Madam mal wieder etwas gekauft und die Rechnung nicht bezahlt?" „Sieht so aus.", meinte Johannes resigniert. „Das geht mir echt auf die Nerven, das sag ich dir. Sie ist vor über einem Jahr ausgezogen. Und immer, wenn sie klamm ist, dann bin ich gut genug, ihre blöden Rechnungen zu bezahlen." „Lass dich doch endlich scheiden. Das Trennungsjahr ist vorbei." „Dazu müsste ich aber wissen, wo sie steckt, meinst du nicht?" „Hm, stimmt.", brummte Andy nur und nahm einen Schluck Bier. Die beiden Männer schwiegen eine Weile und starrten vor sich hin, als Andy meinte. „So geht das aber auch nicht weiter. Du bist hier der Arsch und deine Verflossene gibt deine Kohle aus. Einfach verschwinden, ohne was zu sagen, das ist echt mies." „Sie hat nur diesen dummen Brief geschrieben." Wieder setzte Schweigen ein. Andy nickte und verzog das Gesicht, als ob er nachdachte. Johannes brummte nur und meinte dann, „Sie hat geschrieben, wir würden jeden Sommer an die Ostsee in das gleiche Hotel gehen. Alles immer nur das Gleiche und ich würde immer schon schlafen, wenn sie ins Bett kommt und auf das Kopfkissen sabbern. Wir wären immer in dasselbe Restaurant gegangen und so." „Stimmt doch, du hast immer die Bandnudeln mit Lachs gegessen und sie jedes Mal die vegetarische Pizza." Johannes sah seinen Freund entgeistert an. „Also geht's noch?", protestierte er. „Hey, ich sag ja nur wie es ist, oder besser gesagt, wie es war." „Ja schon gut, auf jeden Fall will sie sich selbst finden. Ich hoffe sie sucht auch ordentlich, sonst geht das noch ewig so." Wieder kehrte ein grübelndes Schweigen ein. „Der letzte Satz war, wir sollen sie nicht suchen." „Am besten.", sagte Andy, „Du machst es so wie sie. Du gehst einfach weg und sagst niemandem wo hin. Außer mir, natürlich!" „Ins Nachbardorf, oder was?", fragte Johannes kopfschüttelnd. „Ne, so richtig weit weg meine ich. In ein anderes Bundesland und ohne Nachsendeauftrag." „Mmhhm, klar und ich lebe von meinen ersparten Millionen, du Fantast." „Ja, da hast du Recht. So einfach ist es dann ja doch nicht." „Aber du kannst doch einfach mal nach Stellenanzeigen schauen?" Johannes ließ dieser Gedanke nicht los, er hatte schlecht geschlafen und wälzte im Dämmerschlaf die Probleme, die ihm auf der Seele lagen. Jetzt saß er in seinem Büro am Computer. Wie jeden Morgen überprüfte er seine, über Nacht eingegangenen E-Mails. Sein Job, in der Verwaltung eines amerikanischen Konzerns, bei dem er sich als Leiter einer kleinen Abteilung, mit all dem herumschlagen musste was seine Kollegen benötigten, oder zumindest vorgaben zu benötigen, um ihren Job zu machen. Das ging vom Mietvertrag über Dienstfahrzeuge bis hin zum Telefon oder Toilettenpapier. Seine Abteilung war darüber hinaus für den Betrieb der Gebäude zuständig, plante und ließ Umzüge durchführen. Und wenn renoviert oder umgebaut werden sollte, fiel das auch in ihr Resort. Da die Kollegen auf der anderen Seite des Atlantiks, sozusagen zeitversetzt nach ihnen arbeiteten und sein Vorgesetzter ein Amerikaner war, war es obligatorisch, morgens als erstes zu überprüfen, welche Schmerzen sein Chef hatte. Heute allerdings gab es nichts Besonderes. Er schloss das E-Mail-Programm und öffnete den Internetbrowser. Eigentlich wollte er nur kurz, wie es zur Morgenroutine gehörte sehen, ob er privat eventuell eine wichtige, oder interessante Mail bekommen hatte. Fehlanzeige. Er wollte den Browser gerade wieder schließen, als ihm, auf der rechten Seite eine Anzeige ins Auge stach. Wie kommt die denn hier her, dachte er und gab sich im gleichen Augenblick im Geiste selbst die Antwort. Schon klar, dachte er, die Suchroutinen lassen grüßen. Wenn man öfter nach ähnlichen Dingen sucht, so zum Beispiel die Wörter „Umbauen" und „Renovieren" benutzt, dann -oh Wunder- gibt es schlaue kleine Programmteile in den Suchmaschinen, die Anzeigen mit eben diesen Wörtern auf den Bildschirm zaubern. Noch bevor er den Gedanken ganz zu Ende gedacht hatte, begann er zu Lesen. „Gutsverwalter für Herrenhaus mit exotischem Flair in der Uckermark gesucht." Uckermark, das ist doch im Osten? dachte Johannes. Auf jeden Fall weit weg von hier. Ob die mich wohl nehmen würden? Hier steht das Gebäude ist aus dem 16. Jahrhundert. Von Denkmalschutz habe ich keine Ahnung. Sie wollen jemanden der das alte Gemäuer in Stand hält, das müsste ich schon hinbekommen und eine Wohnung im Haus stünde auch zur Verfügung. Hm, ich kann ja mal mit Clara darüber reden. In diesem Augenblick zeigte ein Pling an, dass eine neue E-Mail angekommen war. Johannes fügte die Seite mit der Stellenanzeige noch schnell den Favoriten zu, damit er sie später wieder fand, schloss den Browser und wendete sich seiner Arbeit zu.

„Hi, Paps." Ein Teenager, sechszehn Jahre alt, ein hübsches Mädchen, mit langen, blonden Haaren schloss gerade die Wohnungstüre auf, streifte ihre Schuhe und die Jacke ab. Ohne hinzusehen, kam von Johannes der gebrummte Kommentar, „Jacke aufhängen und Schuhe in den Schuhschrank!" „Oh Mann, Paps, du nervst!" „Und du, mein Schatz und Mitbewohnerin bist genauso wie ich dazu verpflichtet Ordnung im Haushalt zu halten." „Findest du nicht, dass du es ein bisschen übertreibst mit dieser Mitbewohnernummer? Seitdem ich 16 bin, bin ich von der Tochter zur Mitbewohnerin mutiert. Das ist doch bescheuert." Johannes kratze sich gespielt am Kopf und tat, als ob er über Claras Einwand nachdachte und sagte dann, „Stimmt du bist ein Mutant, anders kann ich mir nicht erklären, warum es in deinem Zimmer aussieht, wie in einer steinzeitlichen Höhle." „Ha.", entgegnete Clara, „Du hast wohl vergessen, dass ich als Mitbewohnerin.", sie zog das Wort in die Länge, „In meinem Zimmer machen kann, was ich will." Johannes grinste überlegen. „Also doch Mitbewohnerin? Na, dann kannst du ja auch deine Jacke aufhängen." „Schon gut, du hast gewonnen Paps. Wie sieht es mit Abendessen aus?" „Gute Idee, worauf hast du denn Lust?" Clara stand am Kühlschrank und brabbelte. „Ich sehe

Schupfnudeln, Hackfleisch und hier, eine Dose Sauerkraut. Was meinst du?" Johannes war in die Küche gekommen. „Gut, was hältst du davon, wenn ich das Hackfleisch anbrate und mit Wein ablösche, die Schupfnudeln mache und dann das Sauerkraut zu dem Hackfleisch gebe und mit Pfeffer und reichlich süßem Paprika würze. Eine Rahmsoße mache und fertig ist das Abendessen. So eine Art Szegediner Gulasch ohne Gulasch, dafür mit Hackfleisch und anstatt Kartoffeln Schupfnudeln?" „Hm, klingt, sagen wir, zumindest interessant." Eine halbe Stunde später konstatierte Clara mit vollem Mund: „Paps, das schmeckt echt super. Mama hätte so etwas nie hinbekommen." Johannes fiel augenblicklich wieder der Brief des Inkassobüros ein. „Ja, mit dem Kochen hat sie es nicht so, dafür aber mit dem Geldausgeben." Johannes erzählte Clara von den erneuten Ausgaben ihrer Mutter und auch was Andy ihm geraten hatte. Als er ihr das mit der Stellenanzeige erzählt hatte zückte sie ihr Handy. „Hatten wir nicht gesagt, kein Handy beim Essen?"- „Paps, das haben nicht wir gesagt, sondern nur du allein und außerdem will ich nur mal schauen wo die Uckermark ist." Nach einem Moment sagte sie fast schon ein wenig erbost. „Aber Paps, das ist ja am Arsch der Welt! Da gehe ich nicht hin. Dann kann ich Max nie mehr sehen!"- „Schon gut Schatz, war ja nur so eine spontane Idee. Ich glaube auch nicht, dass die mich nehmen würden." Etwas später hatte Johannes es sich bequem gemacht und sah sich gerade die Nachrichten an, als Clara aus ihrem Zimmer stürmte und sich heulend neben ihn auf das Sofa quetschte. Schluchzend brachte sie hervor, „Max dieser Arsch hat Schluss gemacht, einfach so." Von einem Schluchzer geschüttelt, kam es gedämpft von seiner Tochter, da sie ihr Gesicht an seiner Brust vergraben hatte. „Und Franzi hat gesagt, er würde eine Neue haben. Die Clodette aus der 10b. Clodette, was für ein Scheißname." Johannes drückte seine Tochter an sich und strich ihr beruhigend übers Haar. Er wusste, dass egal was er sagte, die Gefahr groß war, dass er etwas Falsches von sich gab. Daher schwieg er und wartete ab, bis Clara sich beruhigt hatte. Eine Weile später, sagte er nur, „Clodette ist wirklich ein komischer Name, klingt fast wie Klosett." Clara richtete sich auf und trotz der Tränen, die ihr übers Gesicht liefen, musste sie lachen. „Ist schon saublöd mit dem Max. Und nun, was soll nun werden?" „Meinst du es gibt in der Uckermark auch coole Typen?" „Keine Ahnung, vielleicht. Und eventuell gibt es da ja auch coole Frauen?" Clara grinste. „Na gut, dann auf in die Uckermark!" „Na erst mal muss ich mich bewerben und die Stelle auch bekommen." Als Johannes sich am nächsten Tag bewarb, es war schon komisch, normaler Weise konnte man sich eigentlich immer online bewerben, glaubte er nicht daran, dass er eine Chance haben würde, als er den Brief am Nachmittag in den Briefkasten warf. So wunderte er sich nicht, dass er zunächst nichts hörte. Keine Mitteilung, dass man Zeit für die Bearbeitung der vielen Bewerbungen benötigte, aber auch keine Absage. So war seine Bewerbung beinahe in Vergessenheit geraten, als Clara ihn eines Abends mit einem Brief in der Hand wedelnd erwartete, als er von der Arbeit zurück nach Hause kam. „Schau mal", sagte sie, „Vom Herrenhaus Würmelshausen." Johannes wog den Brief in der Hand und betrachtete ihn dabei teils skeptisch, teils erwartungsvoll. „Was meinst du, ist es eine Absage?", wollte Clara wissen. Johannes wiegte den Kopf hin und her, grinste dann und sagte, „Glaube ich nicht, der ist zu dünn?" Als Clara ihn daraufhin nur fragend ansah, meinte Johannes, „Na, wenn es eine Absage wäre, würden sie mir die Bewerbungsunterlagen zurücksenden." Clara nickte verstehend. Die Vermutung bestätigte sich. Johannes hatte doch tatsächlich eine Einladung für ein Vorstellungsgespräch bekommen. „Bin ja mal gespannt, was mich da erwartet. Und wenn es nichts ist, habe ich ja eine gute Stellung und coole Typen gibt es hier ja auch." Das fand Clara offensichtlich nicht. Sie drehte sich wortlos um und verschwand in ihrem Zimmer, nicht ohne die Türe zuzuknallen, was Johannes zusammenzucken ließ. Die beruhigt sich auch wieder und vielleicht klappt es ja auch.

Kapitel 2

Dichte Wolken hingen wie Blei niedrig über der Landschaft. Es war für August ungewöhnlich kühl und die leicht hügelige, bei diesem Licht recht eintönig wirkende Landschaft der Uckermark trug nicht gerade dazu bei, das Johannes sich zuversichtlich fühlte. Als er vom Gleis in das Bahnhofsgebäude trat, hatte er für einen Moment das Gefühl, das hier die Zeit stehen geblieben war. Das Gebäude stammte aus der Mitte des 19. Jahrhunderts und sah so aus, als wäre es gerade in Betrieb genommen worden. Die gefliese Bahnhofshalle wirkte nüchtern und funktional, etwas kalt und wenig einladend, schien aber vor gar nicht allzu langer Zeit renoviert worden zu sein. Darauf deutete auch das einzig modern anmutende, nämlich die elektrische Schiebetüre, die den Eingang darstellte, hin. Vor der Tür war der Bahnhofsplatz wie ausgestorben. Na, das kann ja heiter werden, dachte Johannes. Als er um das Gebäude herum gegangen war, fand er zumindest ein Taxi. Zuhause hatte er sich erkundigt, die Hauptstadt der Uckermark, wenn man diesen Ort mit seinen knapp zwanzigtausend Einwohner so nennen konnte, die ganz im Osten des Landes lag und zu Brandenburg gehörte, heißt Prenzlau. Eigentlich ganz idyllisch an einem großen See, dem Unteruckersee gelegen, war das Städtchen selbst nach dem Zweiten Weltkrieg in Einheitsbauweise gestaltet worden. Natürlich gab es auch ein paar wunderschöne Backsteingotik Gebäude, aber besonders aufregend war Prenzlau nicht. „Wo solls hingehen?", wollte der Fahrer wissen. „Eine Adresse habe ich nicht, es heißt hier nur Herrenhaus von Würmelshausen. Wissen sie, wo das ist?" „Aber klar weiß ich, wo das ist. Da wohnt der alte von Würmelshausen. Der hat den Kasten nach der

14

Wende von der GST gekauft. Völlig verrottet war das Ding. Aber er hat es dann ja wieder restauriert." Der Taxifahrer zog das Wort in einer Weise in die Länge, als ob er gar nicht meinte, was er sagte. „Wieso sagen sie das so komisch, restauriert?", wollte Johannes wissen. „Schauen sie es ich selbst an, dann verstehen sie schon, was ich meine." Ein ungutes Gefühl breitete sich in Johannes' Magengegend aus. Das Taxi verließ die Stadt und fuhr entlang des Sees nach Süden. Das Herrenhaus sollte auf einer kleinen Landzunge am Oberuckersee liegen. Als kurz darauf ein weiterer See in Sicht kam, ließ ihn der Taxifahrer wissen, „Das ist erst der Potzlower See. Der Oberuckersee kommt gleich." Zwei Kilometer später erreichten sie dann den See, den sie allerdings ganz umrunden mussten. Johannes schätzte das Gewässer auf eine Länge von etwa fünf Kilometern und eine Breite von vielleicht eineinhalb Kilometern. Sie hatten gerade das Örtchen Warnitz am Ostufer passiert, als in der Mitte des Sees eine idyllische Insel in Sicht kam. „Das ist ja wirklich schön hier." „Da haben sie Recht. Das da drüben ist übrigens die Burgwallinsel. Da haben schon vor 1000 Jahren die Slaven eine Burg gebaut. Ist aber irgendwann alles abgebrannt." Etwas später rundeten sie den südlichsten Zipfel des Sees. Kurz darauf passierten sie das Ortsschild „Suckow." „Gleich sind wir da, am Ende der Straße links auf die Halbinsel." Sie erreichten ein kleines Wäldchen, welches quer über die Halbinsel verlief und das Herrenhaus verbarg. Sie hatten den Wald etwa zur Hälfte durchquert, als das Taxi vor einem massiven, verschnörkelten, schmiedeeisernen Tor, das auf beiden Seiten von einer hohen Mauer flankiert wurde, anhalten musste. „Das sieht ja aus wie eine Festungsanlage!"- „Tja.", sagte der Taxifahrer seufzend, „Der feine Herr möchte ungestört sein." Auf der Mauerkrone entdeckte Johannes Kameras und fragte sich, ob man sie wohl beobachtete, als aus einem Lautsprecher die Frage tönte, wer sie seien. Johannes ließ den Taxifahrer wissen was er sagen sollte. Dieser sah in skeptisch an und zuckte mit den Schultern, als ob er sagen wollte -du musst wissen was du tust- und wiederholte den Satz. Das Tor glitt auf. Nach weiteren zweihundert Metern öffnete sich das Wäldchen und gab den Blick auf das Herrenhaus und den See frei.

Das was er sah, verschlug ihm fast die Sprache, das war ja ein richtiges kleines Schloss. Wie hieß dieser Baustil nochmal? Johannes kramte in seinem Gedächtnis, ach ja Neobarock, oder so ähnlich. In der Mitte befand sich ein vorgebautes Portal, das bis hinauf zum Dach reichte.

Auf der rechten Seite schloss das Herrenhaus mit einem viereckigen Turm ab, welcher das Gebäude um eine Etage überragte und ein kuppelförmiges Dach trug. Links war ein kurzer Querflügel, sozusagen als Gegengewicht zum Turm angebaut. Die Fenster im Erdgeschoss und Obergeschoss waren alle gleich und gaben dem Gebäude durch ihre feinen Formen diese elegante und verspielte Anmutung des Barocks. Das Haus war in beigem Sandstein errichtet. Vor dem Gebäude stand ein barocker Brunnen, dessen Becken von nackten Figuren getragen wurde. In der Mitte obenauf, ließ eine Putte Wasser in den Brunnen fließen.

Kurz darauf war das Taxi verschwunden und Johannes stand mit einem kleinen Koffer vor der riesigen Eingangstür und kam sich dabei etwas verloren vor. Eine Klingel suchte er vergebens. Gerade hatte er sich entschieden, es mit Klopfen zu versuchen, als sich die Türe öffnete. Anders als erwartet, geschah das nicht quietschend oder knarrend, sondern völlig geräuschlos und so gleichmäßig, dass Johannes die Vermutung hegte, dass es sich um eine elektrische Tür handelte. Eine junge Frau mit einem schönen, ebenmäßigen Gesicht und porzellanfarbenem Teint, die extravagant in einen schwarzen, eleganten Hosenanzug gekleidet war und hohe ebenfalls schwarze Schuhe trug. Mit schwarzen hochgesteckten Haaren und für Johannes ein wenig zu grell geschminktem roten Mund, stand sie in der Tür. „Herr Kipnik?" Johannes fühlte sich etwas überrumpelt, erinnerte ihn diese Frau mit ihrer dunklen Schönheit unwillkürlich an Morticia aus der Fernsehserie -Die Adams Family-. Daher sagte er nur „Ja.", und nickte verhalten. Das schien die Frau aber nicht zu stören und ohne sich selbst vorzustellen, ließ sie ihn lediglich wissen, dass er ihr folgen solle. Die Eingangshalle war hoch und weit und entsprach genau der Form des Portals. Wände und Decke waren mit vergoldeten, filigranen Elementen, die Johannes an Jugendstil erinnerten geschmückt. Sie gingen einen Flur entlang der nüchtern, holzgetäfelt und eher dunkel war. Einer Treppe in das obere Geschoss folgend, standen sie kurze Zeit später in einem geschmackvoll eingerichteten Zimmer, mit deckenhohen, aber ebenfalls barocken Fenstern, die viel Licht in den Raum ließen und einen wundervollen Blick auf einen enormen Balkon und den sich dahinter erstreckenden See freigaben. Die Einrichtung war sehr modern. Viel Glas und weiße, lackierte Flächen und moderne Gemälde an den Wänden standen im Kontrast zu dem verspielt verlegten Parkettboden, den verschnörkelten barocken Fensterrahmen und der Stuckdecke. In der Mitte des großen Raumes, befand sich ein gewaltiger, gläserner Schreibtisch.

Dahinter saß klein, und irgendwie zusammengesunken, ein alter Mann in einem Rollstuhl. Hager, mit schlohweißem, gut frisiertem Haar, einem soweit man das, bedingt durch die sitzende Haltung sehen konnte, eleganten Anzug und feinen aristokratischen Gesichtszügen, wirkte der Mann in seinem Rollstuhl deplatziert. In der Nase steckten Schläuche, die zu einer Flasche an der Seite des Stuhls führten. Johannes vermutete, dass es sich um Sauerstoff handelte. An der anderen Seite des Stuhls befand sich ein kleines Tablot, auf dem so sah es aus, die Herzfrequenz angezeigt wurde. Ein Herzmonitor? Lediglich die blitzenden, wachen Augen straften den gebrechlichen Eindruck des Mannes Lügen.

Etwas kratzig, als ob er länger nicht gesprochen hätte und kräftiger als erwartet, wurde er von dem Mann im Rollstuhl begrüßt. „Guten Tag Herr Kipnik. Entschuldigen sie, wenn ich nicht aufstehe, aber sie sehen ja, dass ich an dieses Ding hier gefesselt bin." Mit einer fahrigen Handbewegung unterstrich er seinen Unmut. Er kennt meinen Namen? Klar, dachte Johannes, als er seine Bewerbungsunterlagen auf dem Tisch vor sich erkannte. „Ich bin Freiherr Artus von Würmelshausen. Mir gehört das Herrenhaus. Und meine Enkelin Susanna Helene von Würmelshausen.", er deutete wedelnd auf die junge Frau, die ihn hierhergebracht hatte, „Kennen sie ja bereits. Bitte setzen sie sich doch." Johannes setzte sich auf einen der beiden freien Stühle, die vor dem Schreibtisch standen. „Wie sie sehen, geht es mir nicht sehr gut. Aber lassen sie sich von dem hier nicht täuschen. Mein Kopf funktioniert hervorragend." Dabei sah er seine Enkelin, so kam es Johannes zumindest vor, provozierend an. Etwas verwirrt blickte Johannes zu der jungen Frau hinüber, die mit vor der Brust verschränkten Armen dastand und ihrem

Großvater genervte Blicke zuwarf. „Wie finden sie mein Haus?" „Es ist beeindruckend.", entgegnete Johannes. „Könnten sie sich vorstellen, das Haus hier nach meinen Anweisungen in Schuss zu halten? Ich selbst kann es ja nicht mehr alleine, wie sie sehen." Johannes überlegte kurz, was sollte er schon groß dazu sagen? „Ja, das kann ich." Der Alte von Würmelshausen musterte ihn scharf. „Ich habe in ihrem Lebenslauf gelesen, dass sie bei der Marine Offizier gewesen sind." War das jetzt mehr eine Frage oder eine Feststellung, überlegte Johannes und sagte, „Ja genau, zwölf Jahre." Der Alte brummte zustimmend und sagte: „Dann haben sie Erfahrung mit Disziplin und Geheimhaltung. Und Gebäudeverwaltung machen sie seitdem sie ihren Dienst bei der Marine quittiert haben?" „Genau.", sagte Johannes und nickte zustimmend. Was für ein seltsamer Kauz dachte Johannes noch, als der Alte unvermittelt sagte. „Sie haben die Stellung." Und nach einer kleinen Pause, „Wenn sie wollen. Sie wohnen hier im Haus. Im Querflügel steht für sie eine geräumige fünf Zimmer Wohnung zur Verfügung. Sie ziehen mit ihrer Tochter hier ein?" Völlig verdattert, ob dieser unerwarteten schnellen Entscheidung des Freiherren antworte Johannes stotternd: „Und mit einer Katze." Der Mann im Rollstuhl lachte ein heiseres, keckerndes Lachen. „Von mir aus. Sie erhalten das gleiche Gehalt wie bei ihrer letzten Stellung, sparen sich aber die Miete hier. Was halten sie davon?" Er streckte ihm die Hand entgegen." Johannes stand auf, ergriff die dargebotene Hand und so besiegelten sie es.

Der Zug rollte aus dem Bahnhof. Johannes hing seinen Gedanken nach. Was war geschehen? Hatte ihn der Alte überrumpelt? Wieso hatte er überhaupt nichts über ihn, Johannes, erfahren wollen? Und weshalb hatte er, Johannes, sofort zugesagt? Absurd war das. Das Haus allerdings war schon beeindruckend, zumindest das was er bisher davon gesehen hatte. Warum hatte er nicht mehr über das Gebäude in Erfahrung gebracht? Eigentlich wusste er nichts, absolut nichts über das Haus und seine neue Stellung. Hoffentlich ging das gut.

Clara hingegen fand nichts dabei, dass der Freiherr nichts weiter über ihn wissen wollte. „Er hat halt sofort gemerkt, dass du ein toller Typ bist und genau der Richtige für diesen Job." Johannes rollte nur mit den Augen. „Und wir wohnen dann in einem richtigen Schloss? Das ist ja irre! Und Basted hat dann enorm viel Platz und kann im Schloss umherstreunen und Mäuse fangen, meinst du nicht?" -„Das werden wir ja sehen. Ich jedenfalls bin auch auf unsere neue Wohnung gespannt."

Die Wohnung war einfach nur riesig. Drei Monate später, waren sie mit Sack und Pack umgezogen. Fünf Zimmer verteilten sich auf etwa 150 Quadratmeter, von denen alleine 60 auf das Wohnzimmer entfielen. Überall wertvolle Parkettböden und stuckverzierte Decken. Das Badezimmer war ein Tanzsaal, edel gefliest und die Küche, war modern eingerichtet und mit allem versehen was man sich nur wünschen konnte. Es gab hinter der Küche noch einen Vorratsraum. An das Badezimmer schloss ein Hauswirtschaftsraum an, in dem man eine Waschmaschine, und einen Trockner unterbringen konnte. Zwei Schlafzimmer verfügten über einen angrenzenden kleinen Ankleideraum. Und eines sogar über einen begehbaren Kleiderschrank. „Das ist mein Zimmer!" verkündete Clara. „Und Basted bekommt das hier." Clara deutete auf das Ankleidezimmer. „Dann hat sie ihr eigenes kleines Reich." Staunend besichtigten sie ihr neues Zuhause. „Ich glaube wir haben ein Problem.", meinte Johannes nach einer Weile. Clara sah ihn fragend an. „Warum, was ist denn?" „Wir haben kaum Möbel, die wir hier reinstellen können." Beide lachten. „Das wird schon.", meinte Clara nur, als Ihre Katze, die sie auf dem Arm durch die Wohnung getragen hatte, plötzlich aufhorchte und mit einem Satz von ihr heruntersprang. „Katze! Bleib hier!"

Doch es war zu spät. Wie ein Blitz flitzte das Tier in den Flur und verschwand aus ihrem Blickfeld. Clara hetze hinterher, doch Basted war schon durch die offenstehende Eingangstür ins Herrenhaus hinausgelaufen. Clara hatte beinahe panisch reagiert, doch nur eine Minute später konnte sie ihre Katze wieder in die Arme schließen. Der Mann, der sie ihr zurückbrachte, war mindestens sechzig, aber wesentlich jünger und vor allem viel rüstiger als der Freiherr. Mit deutlich vernehmbarem italienischem Akzent stellte er sich als Antonio Rossi vor. „Aber ihr könnt Toni zu mir sagen.", ließ er sie wissen. Er war der Gärtner und Hausmeister des Anwesens. Und irgendwie sah er auch so aus. Er trug einen alten, ausgeblichenen Blaumann und eine grüne Schürze darüber. Der weiße Haarkranz betonte die Bräune seines Kopfes und tiefe, aber freundlich wirkende Falten zeugten von einem Leben an der frischen Luft bei Wind und Wetter. Er war Johannes auf Anhieb symphytisch. „Ich soll sie zu Herr Artus bringen.", ließ er sie wissen.

Es erinnerte Johannes an Orgelpfeifen, als sie den Raum betraten, den er schon von seinem Einstellungsgespräch her kannten. Antonio, der der Kleinste war, hatte sich zu drei anderen Personen in eine Reihe, ganz an den Anfang gestellt. Und wie schon beim ersten Mal, saß der Freiherr auf seinem Rollstuhl hinter seinem Schreibtisch.

Heute schien es dem alten Herrn besser zu gehen, denn er kam mit seinem elektrisch angetriebenen Rollstuhl um den Tisch herumgefahren, geradewegs auf Clara zu. „Du musst Clara sein.", begrüßte er Johannes' Tochter. „Und wer ist das?" Seine Stimme war weicher und angenehmer, als Johannes sie in Erinnerung hatte. „Guten Tag Herr von Würmelshausen." Clara hatte die Begrüßung zuvor geübt. Einen *Herrn von*, hatte sie zuvor noch nie kennen gelernt und war etwas aufgeregt gewesen, nun einen echten Freiherrn kennen zu lernen. „Das ist Basted.", fügte sie an den Mann im Rollstuhl hinzu. „Aha, Basted. Eine gute Wahl für das Tier. Das ist der Name der ägyptischen Katzengöttin. Was für eine Rasse ist es denn, eine orientalische Kurzhaar, nicht wahr?" Als ob die Katze wusste, dass man über sie sprach, sprang sie aus Claras Armen hinunter auf den Boden und ging geschmeidig mit hoch erhobenem, wiegend tanzendem Schwanz auf Artus zu. Mit einem eleganten Hüpfer sprang sie auf dessen Schoß und rollte sich behaglich zusammen. Johannes und Clara sahen sich erstaunt an. Normalerweise war Basted extrem scheu und ließ sich von niemandem außer Clara und Johannes berühren, oder gar streicheln. Artus legte der Katze eine Hand auf den Rücken und streichelte sie sanft. „Ja, das stimmt. Kennen sie sich mit Katzen aus?" „Ein wenig.", antwortete der Alte und lächelte dabei. „Darf ich euch nun die Mitglieder meines Hauses vorstellen? Susi kennen sie ja bereits." „Aber Großvater, du sollst mich doch nicht Susi nennen, ich heiße Susanne-Helene.", wandte die junge Frau ein, die so kam, es Johannes vor, genauso gekleidet war wie beim letzten Mal. „Ach was.", antwortete der Freiherr. „Für mich bist und bleibst du Susi und jetzt genug davon." Mit einem Mal hatte die Stimme des Alten einen stählernen Klang angenommen. Sie verfehlte ihre Wirkung nicht und Susanne verschränkte ein wenig beleidigt die Arme vor der Brust.

Doch wurde sie sofort wieder weicher, als er sich an Antonio wandte. „Und hier haben wir Antonio, der mit Nachnamen Rossi heißt, von allen aber nur Toni gerufen wird. Wie lange bist du jetzt schon in meinen Diensten Toni?" „Im nächsten Frühling werden es 43 Jahre." Der Freiherr lächelte. „Toni ist mein Mann für alle Fälle. Er ist Mechaniker, Elektriker, Hausmeister, Gärtner, Maler und wer weiß was sonst noch. Und er hat mit mir die ganze Welt bereist. Dann ist da noch die gute Seele des Hauses. Dorothea Cieslak, kurz Dora. Sie sorgt für unser aller und zukünftig auch für euer leibliches Wohl." Oh, dachte Johannes, das ist ja prima, dann brauche nicht zu kochen. Wozu habe ich dann aber so eine tolle, große Küche. Ach egal, dachte er noch, als Artus hinzufügte „Und sie war schon hier, als das Herrenhaus noch eine Segelschule der GST zu Zeiten der DDR war." Die etwas füllige Endfünfzigerin lächelte ein wenig verlegen aus ihrem freundlichen Gesicht. „Und dann haben wir da noch Mike. Er ist erst seit einem halben Jahr hier. Er ist unser Fahrer und macht Besorgungen, kauft alles ein und fährt mich, wenn ich irgendwo hinmuss."

Nun waren die Neuankömmlinge an der Reihe sich vorzustellen. Johannes berichtete, dass er 48 Jahre alt ist. Er erzählte davon, dass er als junger Mann direkt nach dem Abitur für 12 Jahre Dienst bei der Marine geleistet hatte. Und seitdem er aus dem aktiven Dienst ausgeschieden war, einem Job in Gebäudeverwaltung nachging. Clara hingegen sei Schülerin und würde von nun an, ans Scherpf Gymnasium in Prenzlau gehen. Ohne dass es von Johannes oder Clara bemerkt worden war, hatte Dora den Raum verlassen und war mit einem Tablett, auf dem gefüllte Sektgläser standen, zurückgekommen. „Auf eine gute Zusammenarbeit." Artus von Würmelshausen hob sein Glas.

Den nächsten Tag wollten sie damit verbringen, das Schloss zu inspizieren und Johannes wollte eine erste grobe Liste mit den dringendsten Arbeiten für den Freiherren anfertigen.

Auf der Rückseite sah das Haus völlig anders aus, als er es erwartet hätte. Zentral, genau gegenüber dem angebauten Portal, ragte ein quadratischer Anbau heraus, dessen Dach den Balkon, des Arbeitszimmers des Freiherrn bildete, das Johannes von seiner Begrüßung her kannte. Der Anbau enthielt den sogenannten Remter, den Speisesaal. Ein riesiger Kamin, unverputzte Wände, ein polierter Steinboden, Gobelins mit Kampf- und Jagdszenen, die zwischen den hohen Fenstern hingen und ein eichener, runder Esstisch an welchem 12 Stühle standen, bildeten die Einrichtung. Neben der Eingangstür standen, zu beiden Seiten je eine Ritterrüstung und schienen den Raum zu bewachen. „Wie in einer Ritterburg.", meinte Clara. „Oder wie bei der Tafelrunde von König Artus.", feixte Johannes. „Und wer bist du dann?" „Na Ritter Lancelot natürlich!" „Und ich bin Guinevere." „Oh, wirklich? Ach, edles Fräulein, dann müsst ihr aber König Artus von Würmelshausen ehelichen, wünscht ihr das denn my Lady?" Clara schüttelte sich. „Ne bestimmt nicht. Der sieht eher aus wie der Ritter Don

Quichotte de la Mancha, der Ritter von der traurigen Gestalt." „Da hast du leider Recht, dem geht es nicht so gut." „Und diese Susi ist der schwarze Ritter, wie heißt der in der Sage?" „Den bösen meinst du, oder? Der heißt Mordred." Ok, dann ist sie Mordred und Dora ist Merlin. Sie zaubert immer was in ihrer Druidenwerkstatt." „Hm, mal sehen, wie sie kocht.", meinte Johannes und deutete dann auf die rückwärtige Fassade. „Schau dir mal diese seltsamen Fenster im zweiten Stock an. Da ist ja jedes anders." „Eigentlich jedes zweite.", meinte Clara. „Und die anderen sehen so aus wie die auf der Vorderseite." „Stimmt. Das sieht ja komisch aus. Das da.", sie deutete auf das erste in der Reihe „Sieht arabisch aus, oder?" „Stimmt.", meinte Johannes „Das nennt man glaube ich die Spinnweben Gottes, oder so. Und das danach sieht aus, als wäre es aus China und dann eins aus Indien." „Und das?" Clara deutete auf ein weiteres Fenster, das sich auf der anderen Seite des Anbaus befand. „Hm, ich kenne mich nicht so aus mit all den Baustielen. Kann ich nicht sagen. Frankreich oder Italien vielleicht." „Und da ist eines aus Holz, ich meine natürlich den Rahmen. Aus so einem schwarzen, geschnitzten Holz. Sind das Elefanten, die ihre Rüssel erheben und so den Fenstersturz bilden?" „Sieht ganz so aus.", meinte Johannes. „Das letzte sieht aus, als wäre es aus einer gotischen Kirche, oder einer alten Burg. Die waren sicher nicht von Anfang an dort im Schloss eingebaut. Ist aber gut gemacht, ich meine der Einbau in die Fassade sieht fachmännisch aus. Ob einem das nun gefällt, darüber kann man streiten." „Ich finde es cool. Gibt dem alten Kasten was, meinst du nicht?" „Na ich weiß nicht."

Sie gingen weiter, hinunter zum Wasser. Das Schloss lag direkt an einem See, von dem es nur

durch eine kleine, parkähnliche Gartenanlage getrennt war. Direkt am Wasser lag rechter Hand ein kleines steinernes Haus, das im gleichen Stil wie das Schloss gebaut war. Auf einer Längsseite führte ein kleiner Steg ins Wasser. Clara ging auf den Steg hinaus und Johannes folgte ihr. Auf der Seeseite befand sich ein doppelflügeliges Tor, das bis fast zur Wasseroberfläche reichte. „Ein Bootshaus.", sagte Johannes und versuchte durch ein milchiges Fenster einen Blick ins Innere zu erhaschen. Clara war um das Häuschen herum gegangen. „Hier ist `ne Tür. Ob wir da wohl reindürfen?" „Warum nicht?", antwortete Johannes. „Schließlich bin ich der Verwalter, da darf ich glaube ich überall hinein." Die Türe schien abgeschlossen zu sein. Erst als Johannes einmal kräftig daran rüttelte, öffnete sie sich mit einem protestierenden Knarren. Die Tür war wohl schon eine ganze Zeit nicht mehr geöffnet worden. Das Innere lag in einem dämmrigen Licht. Nur durch die völlig verschmutzen seitlichen Fenster und die Tür drang etwas Licht. „Hier ist ein Schalter für die Beleuchtung.", sagte Clara. Nachdem sie ihn betätigt hatte, wurde es hell in dem Häuschen. Allerdings nur für einen kurzen Augenblick, dann erstarb die Lampe an der Decke mit einem zischenden Geräusch. Das Innere war, wie es aussah, vollgestellt mit allem möglichen, undefinierbaren Gerümpel. „Wenn ich die Flügeltüre öffnen kann, kommt mehr Licht herein." Da war so etwas wie ein Seilzug, der an der Decke entlanglief und neben ihm, an einer Klampe, festgemacht war. Johannes löste das Seil. Ein Gegengewicht sank langsam in die Tiefe.
Je mehr Seil er nachgab, umso mehr schwang die Türe zum Wasser hin auf. Staubwolken rieselten von der Decke. Licht flutete in den Raum. Es sah aus wie in einem vergessenen Keller. Kisten,

Kartons, alte Maschinen, -war das ein Rasenmäher? An der Decke hing ein altes Holzboot, dessen Kiel über die Jahre hinweg und der Feuchtigkeit im Raum wegen, durchgefault war. Dadurch war er an den Stellen gebrochen, an denen das Boot von rostigen Stahlseilen umfasst war. Feuerholz, das wohl keinen anderen Platz gefunden hatte, alte Parkbänke und jede Menge halb verrottetes Bootszubehör. „Paps, schau dir das mal an." Hier ist noch so ein altes Boot." Unter einer Plane versteckt und halb unter Gerümpel vergraben, sah man den verwitterten Rumpf eines Bootes und ein Stück eines hölzernen Decks. „Meine Güte! Das muss hier schon seit Jahrzehnten herumliegen." Johannes betastete den Rumpf. „Der ist aus Stahl." „Aber das Deck ist aus Holz.", meinte Clara. „Kann man das wieder reparieren? Dann könnten wir damit auf den See hinausfahren. Was meinst du?" „Wenn du mir hilfst, dann vielleicht schon. Dann wirst du mein Schiffsjunge." „Och Paps, du musst echt mal gendern lernen. Ich bin ein Mädchen! Wie heißt das dann?" „Hm, Schiffsjungin?" „Du bist echt doof Paps." „Ha, so kannst du nicht mit deinem Käpt´n reden, Schiffsjungin! Zur Strafe musst du auf Knien das Deck schrubben." „Dafür brauche ich ein Jahr, so wie das aussieht." „Dann fang schon mal an.", sagte Johannes und grinste verschmitzt. „Aber meinst du nicht wir müssten erst mal den König fragen?" „Wen?" - „Na Artus, dem ihr euch verpflichtet habt Ritter Lancelot." „Da stimmt wohl. Komm wir gehen mal rüber. Ich muss mir das Haus und seine Räume auch von innen ansehen. Ich habe heute Nachmittag meinen ersten Termin mit dem alten von Würmelshausen. Er möchte meine erste Einschätzung. Hoffentlich kann ich seine Erwartungen erfüllen." „Das schaffst du Käpt´n Lancelot, Paps, ganz bestimmt."

„Fangen wir oben an?", wollte Clara wissen. „Das können wir machen.", antwortete ihr Vater. Gerade als sie am Fuß der Treppe nach oben angelangt waren, kam ihnen mit schwingend erhobenem Schwanz Basted entgegen. „Also wirklich Katze, was machst du denn hier?" „Ich denke mal sie erkundet auf eigene Faust ihr neues Zuhause.", sagte Johannes und konnte dabei ein Lachen nicht unterdrücken. „Hoffentlich gibt das keinen Ärger." Die Katze war durch die Katzenklappe in ihrer Wohnungstür geklettert. Johannes nahm an, dass einer der vorangegangenen Verwalter ebenfalls eine Katze besessen hatte. Diesen Umstand hatte sich das Tier jetzt zu Nutze gemacht und war im Haus umhergestreunt. „Ich bringe sie zurück, wartest du hier Paps?" „Das kannst du auch lassen, oder willst du die Klappe schnell zunageln? Wenn nicht, dann ist das Tierchen so oder so gleich wieder unterwegs." Basted sah Johannes aus ihren grünen, unergründlichen Augen an, maunzte einmal kurz zustimmend, streifte mit dem Körper am Fuße des Treppengeländers entlang und war verschwunden. Clara sah ihr ein wenig unschlüssig nach. „Na gut, du hast sicher recht."

Die Räume im oberen Stockwerk waren nicht sehr spektakulär. Im Grunde waren sie, ähnlich wie die Suiten in einem Hotel, mit jeweils einem Schlafzimmer mit Vorraum, einem kleinen Wohnzimmer, das über ein Fenster verfügte, einem separaten WC und einem Badezimmer ausgestattet. Auf der den Suiten gegenüberliegenden Seite befanden sich die Wohnräume des Freiherrn und seiner Enkelin. „Ist dir etwas aufgefallen?", erkundigte sich Johannes bei seiner Tochter, als sie die erste Hälfte der Räume hinter sich hatten. „Jede der Suiten hat eine eigene Farbgestaltung. Es gibt eine in Rottönen, eine in grün, dann ein blaue, eine ist so beige, und dann die hellviolette." „Ja, das auch und sonst noch was?" „Hm.", machte Clara. „Lass mal überlegen. Alles sieht recht modern aus. Das passt gar nicht zu einem Herrenhaus." „Ich finde es eigentlich ganz geschmackvoll, aber ich meine etwas anderes." „Meinst du, weil es so viele Gästezimmer gibt, der alte Artus aber gar keine Gäste hat?" „Darüber habe ich noch gar nicht nachgedacht, das meine ich aber auch nicht. Ist dir nicht aufgefallen, dass alle Fenster in den Zimmern gleich waren? Ich habe keines der, sagen wir mal, exotischen Fenster gesehen." Clara schlug sich in der Erkenntnis vor den Kopf. „Ja klar, jetzt wo du es sagst. Aber wo sind denn dann die Zimmer mit den Fenstern?" „Vielleicht sind das nur Attrappen." „Meinst du?" „Ja, ich habe so etwas schon einmal gesehen. Da war an einem alten Haus irgendwann einmal ein Fenster zugemauert worden und jemand hat von außen dann ein falsches Fenster aufgemalt. Sozusagen um die Symmetrie zu erhalten." „Ok, aber hier wurden einfach diese komischen falschen Fenster zwischen die ursprünglichen gesetzt. Im Erdgeschoss gibt es an diesen Stellen keine Fenster." „Hm, schon komisch. Ich habe eine Idee.", sagte Johannes. „Du gehst ins Nebenzimmer und öffnest das Fenster und ich mache das in diesem Raum. Dann schauen wir mal." Clara flitzte davon und wenig später winkten sie sich durch die geöffneten Fenster zu. „Kannst du etwas sehen Paps?" „Nein, und du?" „Auch nicht." Ich glaube das falsche Fenster ist genau da, wo das Badezimmer ist." Aus dem Winkel, aus dem sie zu dem falschen Fenster sahen, konnte man nicht erkennen, ob oder was dahinter lag. „Hier gibt es außer diesen Schmuckfenstern nichts weiter zu sehen. Komm wir sehen uns jetzt die Zimmer im Erdgeschoss an. Und ein Untergeschoss gibt es auch noch. Da sind sicher neben den Kellern und Vorratsräumen die Küche und die Waschküche und sowas." „Ja.", sagte Clara und grinste. „Da ist Merlins Reich." „Und wo hat Toni eigentlich seine Sachen?", setzte Johannes hinzu. „Ich glaube das die ganzen Gartengeräte in einer der Garagen sind.", antwortete Clara. „Welche Garagen?" „Na die, in denen zum Beispiel das Auto steht, mit dem dieser Mike den alten Artus durch die Gegend fährt." „Ja klar, Miss Marple. Du bist schlau. Es gibt bestimmt irgendwo noch andere Gebäude, oder Garagen, vielleicht in dem Wäldchen." „Das kann gut sein, Paps. Und wer ist diese Miss Marple?"

Drei Stunden später saßen Clara und Johannes beim Abendessen. „Paps ich finde wir brauchen einen neuen Esstisch. Unser alter passt nicht hier her. Der ist viel zu klein." Der bisherige Esstisch, den sie aus ihrer alten Wohnung mitgebracht hatten, war gerade einmal für vier Stühle ausgelegt gewesen. In ihrem neuen Esszimmer wirkte er sehr verloren, denn auch ein drei Mal so großer hätte locker hier hineingepasst. „Also für mich ist er immer noch gut genug und wer außer uns isst hier schon? Wenn ich so darüber nachdenke, würde mich ja schon interessieren, ob Artus jemals in großer Runde im Remter gegessen hat." Clara nickte nur zustimmend und meinte dann „Und diese abgefahrenen Wohnzimmer oder wie man die Dinger auch immer nennt, wofür sind die eigentlich gut?" „Das hat mich auch umgehauen.", antwortete Johannes. „Dieses Zimmer, mit dem großen Buddha." „Oder das mit dem ausgestopften Löwen im Sprung. Oder das mit dem Zelt im Inneren."

„Aber das Schwimmbad ist auch schön, das sieht wie Jugendstil aus."

Im Erdgeschoss des Herrenhauses hatte es völlig anders ausgesehen als sie es erwartet hatten. Zur Vorderfront hin lagen, vom Speisesaal einmal abgesehen, der zur Seeseite hin lag, die sogenannten Gesellschafträume. Da war ein Rauchersalon, mit wunderschönen alten Möbeln, kleinen eleganten Tischchen, bequeme, alte, mit rotbraunem Leder beschlagene Sofas und Ohrensessel. Die Wände waren mit einem fein gemaserten Holz vertäfelt und der Marmorboden war mit verschiedenen, teuer aussehenden Teppichen belegt. Daneben war ein Zimmer, das wohl ein Spielzimmer war. In der Mitte stand ein Billardspiel, dessen Tisch alt und dessen Beine verschnörkelt waren. Ein edles Schachspiel fand sich ebenso, wie ein Tischchen, das mit Intarsien belegt war und einen umlaufenden Rand hatte und das Johannes als Würfeltischchen identifizierte. Und überall an den Wänden hingen alte, fein gemalte Bilder. Solche Bilder hingen auch in den Gängen und den Treppenhäusern. Man hatte manchmal das Gefühl in einer Kunstgalerie zu sein.

An das Spielzimmer schloss sich ein kleines Hallenbad an. Es war nicht sehr groß. Das Becken maß etwa 15 mal 5 Meter. Es war mit kleinen, bläulichen und weißen Fliesen ausgekleidet, die eindeutige Jugendstilelemente aufwiesen.

Rundherum fanden sich kleine Bögen, die mit ebenfalls, genau wie die gesamte Decke, floralen Jugendstilmustern geschmückt waren. Mit Vorhängen verschlossen fungierten sie als Umkleidekabinen und Duschen. Es war wunderschön. Auf der anderen Seite neben dem

Portal schloss sich ein großer Raum an, der die Bibliothek beherbergte. Deckenhohe Regale waren mit wertvollen Folianten gefüllt, kleine hölzerne Schreibtischchen, mit Ledersesseln davor dienten als Lesetische. Beleuchtet wurden diese Tische durch tief herunterhängende Messinglampen.

Von einem das Gebäude in zwei Teile teilenden Korridor, der hüfthoch holzgetäfelt und darüber edel tapeziert war, lagen sieben weitere Räume. Einer davon war der Speisesaal, der so groß war, dass es auch ein Ballsaal hätte sein können. Zu beiden Seiten dieses Saals befanden sich jeweils die eigentlichen Highlights des ganzen Hauses.

So etwas hatten weder Clara noch Johannes je zuvor gesehen. Einer dieser Salons sah aus wie das Zuhause, oder besser gesagt wie das Wohnzimmer eines Großwildjägers. Die Decke des Raumes war mit schweren, beinahe schwarzen, hölzernen Balken durchzogen, deren Zwischenräume so aussahen, als wären sie mit Stroh gedeckt. Sofas und Sessel mit geschwungenen Beinen gruppierten sich um einen niedrigen Tisch. An den Wänden, die aussahen als wären Bruchsteine gemauert worden, hingen Waffen und kleinere ausgestopfte Wildtiere. In einer Ecke stand eine lebensgroße Figur aus schwarzem Holz, die einen afrikanischen Krieger darstellte, der einen Speer hielt. An der Außenwand befand sich ein offener Kamin, über dem ein großer Prunkspiegel mit goldenem Rahmen hing. Das Imposanteste in diesem Zimmer aber war zweifellos ein ausgestopfter Löwe. Er war im Sprung dargestellt mit weit aufgerissenem Maul und ausgestreckter Pranke. Man konnte fast Angst vor ihm bekommen. Als Clara zum Fenster hinaussah hätte sie es nicht gewundert, wenn eine Giraffe davor vorbeigelaufen wäre.

Dann war da ein Zimmer, welches wie das Innere des Zeltes eines arabischen Scheichs aussah. Lederne, flache runde Hocker, die nach Patchwork aussahen, sich aber als edle Ledermosaikpolster herausstellten, waren im Kreis um einen noch flacheren kleinen Tisch aufgestellt, der hölzerne und goldene Intarsien aufwies. Der Boden war über und über mit fantastischen Perserteppichen belegt. Vier goldene Stützen trugen das violette Zeltdach, welches eine umlaufende bunt verzierte Borte trug. Die Zeltwände bestanden aus einem durchscheinenden, gazeartigen Stoff, der am Zelteingang gerafft war, so dass man ungehindert eintreten konnte. Zwischen den Hockern standen Korblampen mit arabischen Mustern, die den Raum in ein warmes Licht tauchten. Kleine Tische standen im Raum verteilt. Auf jedem befand sich ein großes reichverziertes, goldenes, rundes Tablett. Auf manchen waren Früchte dekoriert auf anderen standen bunte Wasserpfeifen. Von irgendwo her wehte eine sanfte Briese durch den Raum. Man konnte meinen, dass man sich in der Wüste befand und jeden Augenblick ein Scheich das Zelt betreten würde. Der nächste Salon war nicht weniger imposant. Es kam Johannes wie ein Déjà-vu vor. Das Zimmer erinnerte ihn stark an einen der italienischen Paläste, die sie einmal bei einem Venedig Besuch besichtigt hatten. Genau wie in diesem Palast Danieli, überlegte Johannes. Die Wände des Raumes waren mit einem hellen, gelblichen Holz bis in Hüfthöhe getäfelt. Darüber waren sie bis zur Decke mit einem golddurchwirkten, blassbeigen Seidenstoff bespannt. Goldene Blüten verteilten sich in einem regelmäßigen Muster darauf. Auf dem Fußboden hatte man Platten aus einem polierten rötlichen Stein verlegt, dessen zentrales Element aus einer steinernen Kompassrose in verschiedenen Farben bestand. An den Wänden aufgereiht hatten filigrane Sofas und Sessel ihren Platz gefunden. Die Mitte des Raumes war leer. Ein großer Schrank mit reichlichen Intarsien und opulenten Schnitzereien beherrschte die Außenwand und befand sich neben dem großen Fenster. Die Decke war aber das eigentliche Schmuckstück. Rokokoelemente aus Stuck liefen einmal außen herum und teilten die Decke in drei Elemente. Das Innere dieser Elemente war mit Fresken einer italienischen Landschaft bemalt. Johannes schmunzelte, als er sich daran erinnerte wie Clara mit offenem Mund die Deckenfreskos bestaunt hatte.

Im darauffolgenden Zimmer wähnte man sich in einem Märchen aus 1001 Nacht. Um einen vier mal vier Meter messenden Bereich gruppierten sich Säulen, welche mit indischen Bögen verbunden waren. Irgendwie erinnerten sie Johannes an einen Keks mit Bissspuren. Boden und Wände waren mit wundervollen blauen und roten Mosaiken verkleidet. Die Möbel bestanden auch hier aus Sesseln, Sofas und kleinen Tischen. Deren Beine waren denen von Löwen nachempfunden. Und die Armlehnen endeten in geschnitzten Löwenköpfen, die anders als bei den zuvor besichtigten Räumen, nicht holzfarben, sondern massiv vergoldet waren. Eine gewölbte Kassettendecke überspannte den gesamten Raum.

Ein weiteres Zimmer war in chinesischem Stil mit seidenen Tapeten eingerichtet und das letzte sah aus als sei es ein mittelalterlicher Rittersaal, mit wuchtigen Möbeln und einem riesigen offenen Kamin. Clara nickte bedächtig und aß noch etwas von den Spagetti, die sich in einem Teller vor ihr befanden.

„Wann hast du den Termin mit Artus?" Johannes schluckte einen Bissen hinunter, dann antwortete er. „Er lässt mir Bescheid geben, wenn sie mit dem Abendessen fertig sind, dann gehe ich rüber zu ihm. Ein bisschen was ist in dem Haus ja schon zu tun, mal sehen, wie er dazu steht." „Echt, ich finde es sieht doch alles prima aus." „Im Großen und Ganzen schon. Wenn man aber genauer hinsieht, gibt es doch einiges zu tun."

Brunnen vor dem Herrenhaus

Kapitel 3

Es war kurz nach 18:30 Uhr gewesen, als Toni an der Wohnungstür klingelte und Hannes wissen ließ, dass der Freiherr ihn nun gerne sprechen wolle.

Von außen sah das alte Haus gut aus. Der Garten war gepflegt. Allerdings gab es im Inneren einiges zu tun. In manchen der Gästezimmer hatte Johannes an den Decken Wasserflecken und in einem Zimmer Verfärbungen an der Wand entdeckt. Er vermutete, dass das Dach des Herrenhauses an einigen Stellen undicht war. Im Zimmer mit dem Löwen, hatte er am Fußboden, entlang einer Wand, einige Bröckchen der Fugenmasse gefunden und festgestellt, dass dort nachgearbeitet werden musste. Im Schwimmbad waren einige Fliesen lose, ebenso in dem Raum mit der Buddha Statue. Im Keller hatten sie einige Ausblühungen des Putzes entdeckt und darum herum Wasserflecken. Soweit Johannes den Weg des Wassers nachverfolgen konnte, war eines der alten Wasserrohre undicht geworden.

Wenige Minuten später stand er vor dem Freiherrn, der wie auch zuvor schon in seinem Rollstuhl saß. Ebenfalls im Raum befand sich seine Enkelin Susanna. Sie hatte sich, wie sie es anscheinend immer tat, schwarz gekleidet, auf einem Sessel niedergelassen und blickte steif zu ihm hinüber.

„Ah, lieber Johannes, ich darf sie doch Johannes nennen? Jetzt wo sie ja quasi zu uns gehören." Hatte Johannes sich verhört oder kam da ein verächtliches Schnauben von Susanna. Daher antwortete er etwas irritiert. „Sicher Herr von Würmelshausen. Für mich geht das in Ordnung." Dabei blickte er Susanna amüsiert an. Sie unterhielten sich eine Weile über den Eindruck, den

Johannes bei seinem ersten Rundgang durch das Haus und das es umgebende Gelände gewonnen hatte. So wie Johannes den alten Mann verstand ging es diesem darum, das Haus in einem absolut hervorragenden Zustand zu erhalten. Er solle nicht zögern und auch jede kleinste Kleinigkeit in Stand setzten lassen. An der verächtlichen Miene und dem gelegentlichen Verdrehen ihrer Augen, konnte Johannes ablesen, dass Susanna nicht der gleichen Meinung war. Er vermutete, dass sie das für Geldverschwendung hielt. „Könntest du das bitte lassen Susi? Ich weiß ja, dass du das alles für Unsinn hältst. Es wird für dich genügend übrigbleiben, was du erben wirst." Er blickte seine Enkelin scharf an, die unter seinem Blick rosa anlief. Der Freiherr räusperte sich. „Nun aber wieder zu den wesentlichen Dingen. Können sie mir das mit der Fugenmasse im Afrika Salon erklären?" „Nun es ist so.", begann Johannes. „Die Wandverkleidung besteht, wie sie wissen, aus aufgesetzten Bruchsteinplatten, ähnlich wie bei geklickertem, oder gefliesten Mauerwerk und soll den Eindruck erwecken, dass es sich um Bruchsteinmauerwerk handelt." Der Alte nickte geduldig. Klar weiß er das, er hat es ja schließlich bauen lassen, dachte Johannes sagte aber. „Das Fugenmaterial hat sich teilweise gelöst, was unschöne Stellen in der Wand zeigt. Es führt dazu, dass dieses Fugenmaterial auf dem Boden liegt, dort wo es herausgebröselt ist." „Woran liegt das denn ihrer Meinung nach?", wollte von Würmelshausen wissen. „Hält so etwas normalerweise nicht viel länger?" „Normalerweise schon. Ich nehme an, dass die Fugenmasse für den Afrikanischen Salon nicht richtig angemischt, also vielleicht zu trocken war. Dann kann so etwas schon mal passieren."

Vom Freiherrn kam keine Reaktion. Johannes sah ihn an, es schien aber so, als ob der Alte durch ihn hindurchsah. „Hallo Herr von Würmelshausen? Ist alles in Ordnung?" Der Gutsherr stierte weiter völlig entrückt vor sich hin und ein Speichelfaden bildete sich in einem seiner Mundwinkel. Dann brabbelte er etwas. „Der Afrikanische Salon.", kam es krächzend. „Haben sie schon mal am Speer gedreht?" Er brabbelte weiter, doch Johannes verstand nicht, was er sagte. „Herr von Würmelshausen?" In diesem Moment sprang Susanna von ihrem Sessel auf. „Opa?" Sie kam um den Rollstuhl herum und ergriff ihren Großvater an den Schultern und schüttelte ihn leicht, doch der Alte starrte weiter vor sich hin. „Er hat wieder den Stupor. Das geht hoffentlich gleich vorbei." „Den was?" „Er hat einen dissoziativen Stupor und gerade wieder einen entsprechenden Anfall. Es ist besser, wenn sie jetzt gehen. Er wird das Gespräch fortsetzten, wenn es ihm wieder besser geht."

Ein wenig ratlos und erschrocken verließ Johannes das Arbeitszimmer des Freiherrn und wollte zurück in seine Wohnung gehen, als ihn Susanna noch einmal kurz zurückrief. „Herr Kipnik?" Johannes drehte sich zu ihr um. „Sie müssen entschuldigen, aber mein Großvater ist krank. Ich habe gerade einen Arzt gerufen. Wir kennen das ja schon und im Grunde ist es auch immer nur von kurzer Dauer, ich meine, dass Opa weggetreten ist." „Was ist das denn dieser Stupor?" „Ein Stupor ist ein Zustand psychischer und motorischer Erstarrung. Obwohl mein Großvater wach ist, reagiert er kaum oder gar nicht auf äußere Reize. Er ist bewegungslos, mitunter ist seine Muskulatur angespannt. Oft ist er verstummt oder er brabbelt wie eben nur Unverständliches und ist in seiner Kommunikation deutlich eingeschränkt. Mein Großvater hatte vor etwa fünf Jahren eine Enzephalitis, vielleicht kennen sie diese Erkrankung auch als Gehirnentzündung. Er hat sich das auf seiner letzten Reise eingefangen. Es war eine infektionsbedingte Entzündung des Gehirns, die bei ihm durch eine Pilzerkrankung hervorgerufen wurde. Seitdem hat er schwere Herz- und Atemprobleme. Sie haben ja gesehen, dass er an einen Herzmonitor und an eine Atemunterstützung, ein Sauerstoffgerät, angeschlossen ist. Damit geht es ganz gut. Etwas später kam dann dieser Stupor dazu. Wir bemerken es oft gar nicht. Er ist dann für fünf Minuten oder so wegegetreten und kommt dann wieder zu sich. Er weiß nicht, dass er wegetreten war. Er bekommt Medikamente, die das Leiden lindern sollen. Da er aber ein alter Starrkopf ist, nimmt er sie nicht regelmäßig, oder manchmal gar nicht." Würde ich vielleicht auch nicht, je nach dem, dachte Johannes, nickte aber nur verstehend. „Ich lasse ihnen Bescheid geben, wenn Opa wieder gesprächsbereit ist."

Auf dem Weg zu seiner Wohnung kam ihm Toni entgegen. Kurz erzählte ihm Johannes von der Begebenheit, deren Zeuge er gerade geworden war. „Ja, er ist sehr krank, der arme alte Artus.
Aber er ist auch zäh, wie ein paar alte Lederstiefel."
„Weißt du denn was da passiert ist?" „Ja, das weiß ich. Hast du denn ein wenig Zeit? Dann erzähle ich dir ein bisschen von ihm und von mir natürlich." „Ja klar, ich denke im Moment kann ich ohnehin nur abwarten. Und heute wird das mit einem weiteren Besuch sicher nichts mehr."

Etwas später saßen sie zusammen in Tonis Wohnung im Bedienstetenflügel Sein Wohnzimmer lag zum See hin. Die Aussicht war wunderschön. Eine Flasche Rotwein stand vor ihnen auf den Tisch.

„Saluti Johannes. Ich hoffe du hältst es etwas länger aus als dein Vorgänger." Johannes hob fragend die Augenbrauen. „Dieser Stolto, äh, wie heißt das auf Deutsch, Trottel, hat etwas mit Susi angefangen und nicht das gemacht was Artus wollte, sondern eher das was seine Enkelin im Sinn hatte. Das hat dem Alten nicht gefallen und er hat ihn wieder rausgeschmissen. Also pass auf. Susi ist eine Bella Donna, eine schöne Frau, aber auch eine Serpente, wie sagt man, Schlange." „Keine Angst, sie ist nicht mein, und ich bin auch garantiert nicht ihr Typ." „Vielleicht, aber im Moment hat sie ja auch was mit diesem Tipi grassi." „Mit wem?" „Mit diesem schmierigen Typen, diesem Mike." „Mit dem Chauffeur?" „Genau mit dem. Hier gibt es nicht allzu viele Männer für eine schöne, junge Frau wie Susanna." „Mir ist das völlig egal.", antwortete Johannes. „Bene, aber pass trotzdem auf." „Aber jetzt mal was anderes. Du kennst den Freiherrn doch schon sehr lange. Das hat er jedenfalls bei unserer Vorstellungsrunde gesagt."

„Ja schon 43 Jahre. Ist also eine lange Geschichte." „Ich habe Zeit." „Und ich habe noch mehr Vino, quindi nessun Problema. Ich habe Artus 1978 auf Sicilia kennen gelernt. Ich bin auch von Sicilia musst du wissen. Ich bin in einem kleinen Ort der Castelferrato heißt geboren. Das ist im Norden von Sicilia etwa 70 Kilometer von Catania und etwa 170 Kilometer von Palermo entfernt. Ich war 16 Jahre alt, hatte die Scuola mit 14 verlassen und eine Lehre als Giardiniere gemacht." „Als was?", wollte Johannes wissen? „Als Gärtner. Ich bin dann nach Palermo gegangen und habe eine Stelle als Gehilfe für den Gärtner in einem wunderschönen Palazzo ganz in der Nähe von Palermo in Monreale bekommen. Du kennst vielleicht die berühmte Kathedrale von Monreale mit dem vielen Gold?"

Johannes nickte. „In dieser kleinen Stadt, die auf einem Berg hoch über Palermo liegt, gab es in der Via Tre Canali einen wunderschönen Palazzo. Dort habe ich den Garten gepflegt. Dieser war in mehreren Terrassen am Hang angelegt und man hatte einen wunderschönen Blick auf den Golfo de Palermo. Eines Tages kam dann der Patrone des Palazzos und brachte Artus mit. Ich war gerade einmal ein paar Monate dort beschäftigt. Sie riefen alle Leute zusammen, die für den Patrone arbeiteten und teilten uns mit, der Palazzo würde verkauft werden, an einen anderen Patrone. Und dass der Herr, Freiherr Artus von Würmelshausen aus Alemania ein Agenti Immobiliari sei, der sich auf den Verkauf von Palazzos und Villas und so etwas spezialisiert hätte. Artus spricht perfettamente Italiano und noch viele, viele andere Sprachen. Er erklärte uns, dass wir alle unsere Arbeit behalten würden. Doch leider fand er niemand der den Palazzo kaufen wollte und so dauerte es eine Weile, bis etwas passierte. Artus wohnte während dieser Zeit in dem Palazzo und der Partone war irgendwo in einer Kur, denn er war alt und nicht mehr ganz gesund. Warum kann ich nicht sagen, aber irgendwann verkündete Artus, dass er der neue Patrone sei und den Palazzo gekauft habe. Wir haben uns nicht gewundert oder so. Reiche Leute machen so etwas. Und Artus war damals schon reich. Später haben wir dann erfahren, dass Patrone Fasetti, das war der alte Patrone, gestorben war. Ich habe nicht weiter nachgefragt, aber ich glaube Artus hat einen besonders guten Preis von der Familie Fasetti bekommen und das Haus so wie es war gekauft, mit allen Möbeln, Bildern, dem Weinkeller und was sonst noch dazu gehörte. Für uns war das ein Glück, denn Artus behielt uns alle. Er war damals um die 50 herum und machte eine bella

Figura. Jede Woche gab es eine Party, die schönsten Frauen von Palermo gingen im Palazzo ein und aus. Ich habe mich oft gefragt, wie Artus es schaffte, jedes Mal mit einer anderen aufzuwachen. Er war ein richtiger Playboy. Er sah blendend aus und genoss das Leben in vollen Zügen. Das soll jetzt nicht neidisch klingen, ich hätte das an seiner Stelle auch so gemacht. Manchmal hat er es schon etwas übertrieben. Weißt du, Artus hat auch mit Kunst gehandelt, die er in den Häusern fand, die er verkaufen sollte, wenn die Eigentümer das so wollten. Er kannte sich aus. Einmal war da so eine Bella Donna Bionda mit einem Mund der die Peccato, äh wie heißt das, die Sünde selbst war. Ihr hat er einfach so ein wunderschönes Bild geschenkt." Toni schloss für einen Moment verträumt die Augen. „Ich sehe das Bild noch wie heute vor mir. Es hing im kleinen Salon für die Donne. Darauf war das Theatro Grecco in Taormina zu sehen. Wunderschön leicht gemalt, von Alessandro Abate." „Kennen sie sich auch mit Kunst aus?" „Nein überhaupt nicht. Aber ich sollte das Bild verpacken und zu der Donna bringen. Ich war der jüngste Angestellte dort und habe neben der Gärtnerei alles Mögliche gemacht, auch Botengänge. Da hatte ich Zeit das Bild zu betrachten. Wann konnte jemand wie ich, sonst so etwas Schönes schon aus der Nähe sehen." „Ist das ein berühmter Maler, dieser Abate." „Weiß ich nicht, aber kam von Sicilia. Und er hat schön gemalt, also mir hat das Bild gut gefallen. Jedenfalls hat er das Bild dieser Bionda einfach so geschenkt, weil sie es haben wollte. Und einen Tag später war sie verschwunden. Dem Artus war das egal, er hatte am nächsten Wochenende schon eine andere Donna im Bett. Es wurde viel getrunken und gefeiert. Aber eines Abends, er hatte es mal wieder ein wenig übertrieben und viel zu viel Vino Rosso aus dem Weinkeller von Patrone Fasetti getrunken, ist er mit dem Automobile gefahren und gegen einen Baum gekracht, nicht weit vom Palazzo entfernt. Ihm ist nichts passiert, Betrunkene haben immer Felicita, äh Glück. Er kam dann zum Palazzo zurück gewankt und wäre beinahe noch die Treppe hinuntergefallen. Ich habe ihn dabei gesehen und konnte ihn gerade noch auffangen. Kurz darauf kamen die Carabinieri und wollten den Patrone sprechen, weil sie wussten, dass er den großen Lancia fuhr, der nun mit einer großen Beule am Kühler an einem Baum stand. Warum ich es getan habe, weiß ich nicht mehr. Auf jeden Fall habe ich ihnen gesagt, dass ich das Auto gefahren bin. Das gab ein Theater. Ich war ja erst 17 und durfte noch nicht fahren. Ich habe eine Anzeige und eine saftige Strafe bekommen. Aber Artus hat natürlich alles bezahlt. Er hat mir später einmal erzählt, wie froh er war, dass ich den Unfall auf mich genommen habe, denn er hatte schon zu viele Strafzettel wegen Alkohol bekommen. Wenn sie ihn dieses Mal verurteilt hätten, hätte er den Führerschein sicher verloren." Toni sah für einen Moment grinsend auf sein Weinglas, leerte es und schenkte uns nach.

„Einige Zeit später, hatte er jemanden gefunden, der den Palazzo kaufen wollte. Allerdings wollte dieser das Gebäude abreißen und ein Haus für mehrere Familien auf dem Grundstück bauen lassen. Artus baute aus den Salotto, das Wohnzimmer, die Einrichtung und auch alles andere aus. Und auch eines der schönen Fenster des Palazzo. Er mietete sich eine Halle und lagerte alles ein. Du hast dich bestimmt schon gefragt, warum das Herrenhaus auf der Rückseite so viele verschiedene Fenster hat?"
„Allerdings, das sieht schon komisch aus. Aber nach

dem was du erzählt hast, ahne ich schon, woher sie stammen." Toni nickte und lächelte. „Sicher ahnst du das, du bist ja nicht dumm. Und weil Artus wegen mir den Führerschein nicht verloren hat, hat er mich behalten. Ich war dann sozusagen sein Sekretär und Mädchen für alles. Und so ist es bis heute geblieben." Das ist ja spannend.", sagte Johannes und leerte sein Glas. „Noch ein Schlückchen?" „Ja warum nicht. Der Wein schmeckt wirklich gut." Toni lächelte. „Welchen Vino man trinken kann und von welchen man stehen lassen sollte, das habe ich auch von Artus gelernt.

Bevor der Palazzo für immer verschwand, hat Artus die gesamte Einrichtung und die Bilder, die Statuen und alles andere auch zu Geld gemacht. Er ist sehr gut darin." „Und dann, was habt ihr danach gemacht?" „Wir haben für ein paar Wochen in einem Hotel gewohnt. Artus hat mir das Zimmer bezahlt und ich musste nichts arbeiten. Es war wunderbar. Eines Tages kam Artus dann und sagte mir, ich solle die Koffer packen. Wir würden verreisen. Er hatte wieder ein Haus gekauft, in dem wir wohnen würden, bis er es verkauft hätte. Das Haus war aber nicht in Sicilia, sondern weit weg in Afrika. Das Land heißt Buganda. Dort gibt es einen riesigen See, den Victoria See. Etwa 10 Kilometer vom Festland etwa auf der Höhe der Stadt Entebbe, vielleicht hast du den Namen schon einmal gehört? Es ist die Hauptstadt von Buganda." Johannes schüttelte nur den Kopf. „Du meinst nicht etwa Uganda?" „Nein ich meine Buganda. Das war oder ist ein autonomes Königreich. Milton Obote war Mitte der 60ger Jahre der Ministerpräsident von Uganda und hat den Kabaka, das war der Titel des Königs von Buganda, der damals auch der Staatspräsident von ganz Uganda war und von allen nur King Freddie genannt wurde, gestürzt. 1980 gehörte Buganda also zu Uganda. Idi Amin, du weißt wer Idi Amin war, dieser Diktator, der das Land bis 1979 beherrscht hat, hat die Königsfamilie vertrieben. Irgendwann, ich glaube es war Mitte der 80ger Jahre kehrte der Sohn des letzten Königs nach Buganda zurück und wurde, soweit ich mich erinnern kann, Anfang der 90ger Jahre wieder zum König gekrönt und ist das heute immer noch." Johannes war noch nie in Uganda oder gar Buganda gewesen und hatte auch keine Ahnung, wo dieses Entebbe liegen sollte. Vom Victoria See hatte er schon mal gehört. Ein genaueres Bild dieser Region Zentralafrikas hatte er allerdings nicht vor Augen.

„Diese Insel heißt Bulago Island.", fuhr Toni fort. „Sie ist nur zwei Kilometer lang und nicht mal einen Kilometer breit. Im Norden gibt es eine schöne Bucht die Pineapple Bay heißt. Es ist nicht schwer zu erraten was dort wächst. Dort lag das Haus, das Artus gekauft hatte. Es hatte zuerst einem englischen Gentleman gehört, der es dort, als Buganda noch britisches Protektorat war, um 1895 herum hat bauen lassen. Dieser Gentleman, ein britischer Lord, ist jedes Jahr für ein paar Wochen nach Buganda gekommen, um große Tiere zu jagen. Am Ende der Jagdsaison hat er sich dann auf der Insel für ein paar Wochen erholt, bevor er wieder für den Rest des Jahres nach England zurückgereist ist. Artus hat das Haus von Kabaka Ronald Muwenda Mutebi II., dem heutigen König gekauft." „Lass mich raten, der Afrikanische Salon stammt aus Buganda." „Ja, ja, ich habe doch gesagt, dass du nicht stupido bist. Es war ein schönes Haus. Allerdings war es das genaue Gegenteil vom Palazzo in Monreale. Hier war überhaupt nichts los. Nur wenn das Postboot kam und etwas zu essen oder eben die Post brachte, sahen wir andere Menschen.

Es dauerte drei Monate, bis Artus einen Käufer für das Areal gefunden hatte. Der Käufer wollte ein Resort auf der Insel bauen. Bevor das alte Haus abgerissen wurde, hat Artus viele Dinge daraus verkauft und die Sachen mitgenommen, die heute im Afrikanischen Salon stehen und natürlich auch das schöne Fenster, das mit den Elefanten."

„Ich habe es gesehen.", sagte Johannes. „Es ist heute auch hier auf der Rückseite des Herrenhauses eingebaut." „Correttamente." „Und der Löwe? Ist er auch aus dem Haus aus Afrika?" „Ja der auch. Und vielleicht hast du das Wappen gesehen, das an der Wand hängt?" „Dieses blauweiße?" „Eigentlich ist es blau-weiß-blau und in der Mitte ist ein Schild mit zwei gekreuzten Speeren und einem liegenden Löwen darunter. Das ist das Wappen von Buganda."

„Und diese Holzstatue?" „Oh ja die Statue. Die hat Artus aus Buganda herausgeschmuggelt. Wenn sie ihn damals erwischt hätten, wäre es ihm schlecht ergangen. Die Figur stellt Kabaka Muteesa I. dar.

Er war König von Buganda im 19. Jahrhundert.

Es muss Artus eine schöne Stange Bestechungsgeld gekostet haben, diese Figur außer Landes bringen zu lassen. Und jetzt steht sie hier." Toni grinste und öffnete die zweite Flasche Wein. „Das was du da erzählst, hört sich wie aus einem Abenteuer Roman an." „Ja, das war eine tolle Zeit damals. Wir sind dann wieder für eine Weile nach Deutschland gegangen und Artus hat viele Villen und Paläste und sogar ein altes Schloss verkauft. Ich hatte nicht viel zu tun. Unsere Wohnung sauber halten, einkaufen und das Auto putzen. 1984 sind wir dann nach Russland gegangen. Dort haben wir dann von einem Neffen des damaligen Präsidenten Tschernenko, den Namen des Neffen habe ich vergessen, ein Herrenhaus gekauft, was während der Sowjetzeit

sehr schwierig war und höchstwahrscheinlich nur zur
Devisenbeschaffung für die kränkelnde Sowjetunion oder den Neffen diente. Wir hatten keine Vorstellung davon, wie so ein russisches
Herrenhaus aussieht. Es war sehr, sehr edel ausgestattet. Artus hat mir einmal erzählt, das Herrenhaus wäre vom chinesischen Palast in Oranienbaum, inspiriert. Dieses Oranienbaum liegt nur etwa 20 Kilometer vor der Stadtgrenze St. Petersburgs. Das Herrenhaus, das er gekauft hatte, lag genau zwischen St. Petersburg und Tallin bei einem winzigen Örtchen namens Remniku am Peipussee. Das ist ein riesengroßer See fast 150 km lang und 50 Kilometer breit." „Schon komisch.", antwortete Johannes. „Immer liegen diese tollen Häuser an einem See." „Fast immer, es ist eben das Schönste, was es gibt. Ein Haus am Wasser. Unser Haus liegt ja auch an einem See." „Heute gehört der Ort, wo das Herrenhaus ist, zu Estland. Es war schon ein korruptes Regime damals. Dieser Neffe brauchte Geld, also Devisen und trennte sich daher von dem Haus. Umgeben war das Gelände von einer hohen Mauer mit einem massiven, rostigen Eingangstor. Von außen sah das Gebäude sehr verwahrlost aus. Der Putz war großflächig abgebröckelt und einige Fenster waren vernagelt worden. Der Garten war eine einzige Wildnis und sah aus, als ob seit Jahren dort niemand mehr auch nur einen Grashalm geschnitten hätte. Artus tobte. Er hatte nach Aktenlage gekauft und sich auf eine Zustandsbeschreibung und einige Fotos verlassen, die wohl aus besseren Zeiten gestammt hatten. Er hatte das Haus an und für sich vorher besichtigen wollen, aber keine Erlaubnis zur vorherigen Einreise bekommen. Dafür war das Proprieta, äh das Anwesen sehr billig gewesen. Nur 75.000

47

amerikanische Dollar. Später hatte er erfahren, dass besagter Neffe sich davon einen Mercedes Benz aus Alemania gekauft und kurz darauf zu Schrott gefahren hat. Artus Laune besserte sich aber wieder, als wir uns das Haus von innen ansahen. Es war einfach nur bellissimo. Ich sagte ja schon, dass es dem chiniesischen Palast in Oranienbaum nachempfunden ist. Die Räume waren mit feinsten seidenen Tapeten und unglaublichen Intarsien auf den Fußböden ausgestattet. Die Möbel, alle unglaublich zart und wunderschön gearbeitet, bestanden aus edelsten, vergoldeten Hölzern und waren mit feinen hellgrünen und hellblauen Polstern versehen. Wunderschöne, sehr wertvolle Gemälde schmückten überall die Wände, einfach unfassbar. Artus bekam von dem Neffen die Erlaubnis, die Möbel und Kunstwerke auch außerhalb Russlands zu verkaufen. Ich glaube Artus hat dabei sehr, sehr viel Geld verdient. Einmal sagte er mir, dass er alleine für ein Gemälde ein Vielfaches des Kaufpreises bekommen hatte. Von den Verkaufserlösen sollte der Neffe 30 Prozent erhalten, da er den Autounfall aber dummerweise nicht überlebt hatte, konnte Artus sich das ganze Geld einstecken. Wenige Wochen später sind wir überstürzt wieder abgereist. Nach Russland sind wir aber nicht mehr gekommen. Ich schätze, man hat irgendwann herausgefunden, was Artus gemacht hat und ist nicht glücklich darüber gewesen. Heute ist das Herrenhaus in Estland nur noch eine Ruine. Einen der schönsten Räume hat Artus wie auch schon zuvor, bei den anderen Häusern, komplett ausbauen lassen und danach alles in dem gleichen Lagerhaus untergebracht." „Ok, verstehe und wie auch beim Afrikanischen Salon, steht das ganze Interieur heute im Chinesischen Salon." „Genau. Du hast sicher schon erraten, dass auch die drei

anderen Zimmer auf eine ähnliche Weise hier gelandet sind." „Das ist ja auch keine große Leistung mehr. Mich würden die Geschichten aber trotzdem interessieren und wenn du noch Zeit hast, würde ich sie sehr gerne hören." „Beh nessun problema. Noch ein Schlückchen?" Hannes nickte und Toni sagte, „Ich glaube ich rufe mal Dora an und frage sie, ob sie vielleicht noch qualcosina dalla ciucina bringen kann." „Was soll sie?" „Na eine Kleinigkeit aus der Küche bringen." Wenig später saßen sie nun zu dritt in Tonis Wohnzimmer und verspeisten belegte Brote. Irgendwann sah Dora auf ihre Uhr und verabschiedete sich, da sie ja morgen wieder früh raus musste, um das
Frühstück vorzubereiten. „Ich glaube, ich erzähle ein anderes Mal weiter, ich bin auch etwas müde.", meinte Toni.

Das Herrenhaus von Würmelshausen

Kapitel 4

Der nächste Morgen brachte nichts Neues, außer dem schlechten Wetter vielleicht. Ein ergiebiger Landregen hüllte die Landschaft in ein trübes grau. Wie Bindfäden, dachte Johannes, als er aus dem Fenster blickte. Ein Gutes hat dieser Regen aber dachte er. Vielleicht kann ich nachverfolgen, an welcher Stelle das Wasser durch das Dach kommt.

Er konnte. Es dauerte nicht lange, bis er den Weg des Wassers bis zu einem kleinen Loch im Dach zurückverfolgt hatte, das sich an einem offenbar recht neuen Kamin befand. Es war auch hier ein wenig schlampig gearbeitet worden. Das zu beheben, würde aber kein Problem sein. Zunächst würde er einfach etwas in das Loch stopfen, um den Wasserfluss zu stoppen. Einige Stunden später hatte er wieder einen Termin mit Artus von Würmelshausen. Diesem ging es ganz offensichtlich wieder gut und man sprach über die Reparatur des Daches und die Erneuerung des Fugenmaterials im Afrikanischen Salon. Gegen Ende lenkte Johannes das Gespräch auf den Schuppen am See und das alte, vergammelte Boot darin. Das Artus nichts von dem Boot wusste zeigte, dass es schon über dreißig Jahre dort völlig unbeachtet liegen musste. „Aber sicher können sie das Boot restaurieren.", sagte er „Und so wie sie es beschreiben, hat es der Bootsschuppen auch nötig, dass man Hand an ihn legt." „Zumindest müsste man ihn ausräumen, damit man das Bootshaus in seiner ursprünglichen Form nutzen kann." „Tun sie das Johannes, tun sie das.", sagte der Alte. „Und wenn sie es wieder flottkriegen, können sie das Bootshaus und den Steg nutzen, um das Boot auf dem See zu segeln. Und bitte machen sie mir eine Aufstellung, was benötigt wird, um das Bootshaus und das Segelboot zu renovieren. Ich möchte ein einheitliches Bild für das gesamte Anwesen, da gehören die Nebengebäude natürlich auch dazu." Hannes nickte, dachte aber. Warum hat man das Bootshaus eigentlich nicht gleich renoviert, als der Alte sagte: „Als wir das Herrenhaus renoviert haben, wurde das Bootshaus nur als Lagerraum verwendet und ist dann in Vergessenheit geraten. Mike erwähnte, dass bei der ein oder anderen Garage auch Handlungsbedarf besteht. Wenn sie sich dann auch bitte darum kümmern könnten?" „Das mache ich selbstverständlich." Wie Johannes schon vermutet hatte, lagen die Garagen an einer kleinen Seitenstraße, in dem das Herrenhaus umgebenden Wäldchen. Diese Garagen, waren früher einmal die Stallungen gewesen und im gleichen Stil wie das Herrenhaus und das Bootshaus gebaut worden. Sehr hübsch fand Johannes. Nach seiner Inspektion konnte er feststellen, dass auch hier kleinere Instandhaltungsarbeiten auszuführen waren und ein Teil der Garagen als Abstellraum verwendet wurde. Ein wenig später traf er sich dann mit Toni am Bootshaus. Es war tatsächlich so, dass die allermeisten Dinge, die sich dort fanden, im Grunde Müll waren, die man aber nicht entsorgt, sondern aus Bequemlichkeitsgründen einfach dort abgestellt hatte. Für den nächsten Tag wurde eine Abfallmulde und ein Entsorgungsunternehmen bestellt, das die Garagen und das Bootshaus entrümpelte. Am späten Nachmittag sah es dann im Bootshaus ganz anders aus. Nur noch das alte Boot und einige Ausrüstungteile wie der Mast und der Segelbaum waren übriggeblieben. Die alten Seile, hatte Johannes wie auch die verrotteten

Holzboote entsorgen lassen. Die Segel für das Boot waren noch vorhanden, aber völlig vergammelt und durch Mäuse, oder andere Nager ziemlich in Mitleidenschaft gezogen worden. Trotzdem hatte Johannes entschieden, diese nicht zu entsorgen, da sie als Muster für neue Segel dienen könnten. Das alte Segelboot wurde auf einen Slipwagen gehievt und zu einer eingehenden Inspektion ins Freie gebracht. Das Ergebnis war niederschmetternd. Der Rumpf war an einigen Stellen, da wo er Kontakt mit dem Fußboden gehabt hatte, durchgerostet. Das Holz auf dem stählernen Deck war zum Teil verfault und Teile des Innenausbaus, wie die Bodenbretter, oder die hölzernen Innenverkleidungen des Rumpfes, die sogenannten Wegerungen. fehlten teilweise oder waren beschädigt. Am späten Nachmittag war Clara aufgetaucht und hatte Johannes beim Inspizieren des Bootes unterstützt. „Meinst du wir bekommen das wieder hin?" „Ich denke schon. Ich muss aber morgen nochmal mit Herrn Artus über die Kosten sprechen. Das wird nicht billig. Schau mal hier." Johannes deutete ins Innere des Bootes. „Da ist der Rumpf durchgerostet. An diesen Stellen muss die alte Bootshaut weiträumig ausgeschnitten und durch neue Stahlplatten ersetzt werden. Dazu muss der gesamte Rumpf bis auf das blanke Metall abgeschliffen werden. Nach dem Schweißen wird grundiert und letztlich lackiert, von innen und von außen. Das Achterdeck ist nichtmehr zu gebrauchen, das Holz ist einfach weggegammelt. Da müssen wir mal sehen, wo wir entsprechendes Holz herbekommen. Das restliche Deck muss bis aufs Holz vom Bootslack befreit und neu lackiert werden. Das gleiche gilt für den Mast und den Baum. Und die Inneneinrichtung, die teilweise durch neues Holz ersetzt werden muss. Dann noch neue Segel und

Schwups, fertig." „Haha sehr witzig Paps. Das dauert doch ewig." „Wenn wir uns dranhalten, dauert diese Ewigkeit nur ein halbes Jahr. Mal sehen, wo es hier einen Laden für Bootszubehör und Farben und so etwas gibt." „Das kann ich dir sagen.", antwortete Clara. „Die Eltern meines Klassenkameraden Clemens haben eine kleine Segelschule und eine Reparaturwerft für kleinere Boote hier am See und einen Laden für Bootszubehör in Warnitz." „Warnitz? Das ist am Ostufer?" „Ja genau, mit dem Auto vielleicht eine viertel Stunde." Kurz darauf hatte sich Johannes auf den Weg zum Freiherrn gemacht. Er hatte zwar keinen Termin, wollte aber sehen, ob er ihn vielleicht zwecks der Instandsetzungskosten, für die Garagen, das Bootshaus und die Jolle befragen konnte. Er ging die Treppe hinauf, die von der Halle in den ersten Stock und geradewegs zum Arbeitszimmer des Freiherren führte. Kurz bevor er den oberen Treppenabsatz erreicht hatte, kam Susanna die Treppe herunter. Sie rannte beinahe und sah gehetzt aus. Johannes wurde gerade noch ein „Hallo" los, da war sie auch schon vorbei. Was war das denn jetzt, dachte Johannes und erreichte das obere Stockwerk. Die Tür zum Arbeitszimmer stand offen. Da war ein Piepsen in schneller Folge zu hören. Johannes ahnte nichts Gutes und beschleunigte seine Schritte. Im Arbeitszimmer saß Artus verkrampft auf seinem Stuhl und griff sich ans Herz. Mit panisch aufgerissenen Augen streckte er die Hand aus. Johannes reagierte blitzschnell. Die ausgestreckte Hand des Freiherrn fuchtelte in Richtung der Schreibtischschublade. Johannes erreichte sie, riss sie auf und fand ein kleines Fläschchen mit einer roten Banderole und einem Zerstäuber am Ende darin. Artus Wedeln mit der Hand wurde intensiver und Johannes drückte ihm das Fläschchen in die Hand, das offenbar ein Medikament enthielt, welches Artus sich unmittelbar darauf in den Mund spritzte. Johannes hielt den Atem an und für einen Moment war es totenstill im Raum. Artus Miene entspannte sich aber nicht. Nach einer gefühlten Ewigkeit, es waren aber wohl nicht mehr als 30 Sekunden sprühte sich der alte Mann eine zweite Dosis in den Mund und kurz darauf entspannten sich seine Gesichtszüge. Er atmete keuchend und sagte schließlich mit belegter Stimme. „Danke Johannes, vielen Dank. Das Herz, sie verstehen. Das war ein Angina Pectoris Anfall. Danke für die schnelle Hilfe." Johannes war verwirrt. Was war das denn jetzt, hatte Susanna das denn nicht bemerkt? Das war ja wohl kaum möglich. Die Atmung des Alten hatte sich nach einer Weile beruhigt und er fragte. „Was kann ich denn für sie tun Johannes?" „Ich möchte sie jetzt nicht mit dienstlichen Sachen belästigen. Soll ich einen Arzt holen?" Artus winkte ab. „Ach was.", sagte er matt. „Wenn ich jedes Mal einen Arzt kommen lassen würde, wenn es mir nicht gut geht, müsste dieser hier wohnen, sie verstehen? Es geht mir auch schon besser. Danke noch mal. Ich nehme an, sie haben sich die Garagen angesehen?" „Genau, und das Bootshaus ebenfalls. Meine Frage ist jetzt, wie sie sich den Zustand dieser Gebäude wünschen?" Ohne lange zu überlegen, antwortete der alte Mann. „Was würden sie an meiner Stelle machen?" Etwas überrumpelt von dieser Gegenfrage sagte Johannes „Ich weiß nicht. Es kommt darauf an was ihnen die Instandsetzung der Nebengebäude wert ist." „Dasselbe wie die des Hauptgebäudes, sie verstehen?" „Gut dann weiß ich, was ich zu tun habe." „Sie haben sich doch sicher auch das Boot angesehen? Als ehemaliger Marineoffizier können sie sicher einschätzen, was zu tun ist, um das Boot zu restaurieren, nicht wahr?" „Das habe ich in der Tat getan." „Und was meinen sie, ist es noch zu retten?" „Es ist zwar mit erheblichem Aufwand verbunden, aber ich denke schon, dass ich es wieder restaurieren und in Fahrt bringen kann. Ich habe eine kleine Werftplakette gefunden. Das Boot, es ist im Übrigen eine Jolle, also ein offenes Segelboot ohne Ballastkiel, wurde 1951 auf der Warnow Werft an der Ostsee gebaut. Wenn etwas so alt ist, muss es doch eigentlich erhalten werden." Der Alte lachte krächzend. „Gilt das auch für mich, ich bin ja noch älter." Johannes wusste nicht was er sagen sollte und machte nur „Ähm." Es trat ein Moment peinlicher Stille ein. Dann winkte der Alte ab. „Schon gut mein Lieber. Können sie bitte zu Susanna gehen und ihr sagen, dass ich sie sprechen möchte, das wäre sehr nett. Und, ach noch etwas. Fangen sie so bald wie möglich damit an, das Boot und die Nebengebäude in Stand zu setzen. Ich brauche das Gefühl, dass alles um mich herum in bester Ordnung ist." Obwohl Johannes nicht genau verstand, was der Alte damit meinte nickte er nur und sagte. „Mache ich, kein Problem. Gleich morgen lasse ich Kostenvoranschläge machen und sobald ich alles beisammenhabe, lege ich sie ihnen zur Genehmigung vor. Ihre Enkelin werde ich gleich zu ihnen schicken." Sie verabschiedeten sich und Johannes ging zu Susannas Wohnung, die auf dem gleichen Stockwerk lag. Dort öffnete niemand. Stimmt ja, dachte Johannes, sie ist nach unten gelaufen. Als er das Erdgeschoss erreicht hatte kam ihm Artus Enkelin entgegen. „Ah da sind sie ja.", sagte Johannes. „Ihr Großvater lässt ausrichten, dass er sie sehen möchte." Susannas Gesicht bekam hektische Flecken. „Was schauen sie denn so?", kam es gereizt von ihr. Aha, dachte Johannes. Hat sie etwa ein schlechtes Gewissen? „Wie schaue ich denn?" „Ach, schon gut.", sagte Susanna. „Was will der Alte denn?" „Das fragen sie mich? Ich denke das wissen sie doch ganz genau." „Was soll das heißen, was unterstellen sie mir da?" „Ich? Gar nichts. Übrigens, ihrem Großvater geht es wieder gut, falls es sie interessiert." Susannas Mund wurde schmal und mit einem Schnauben drängte sie sich an Johannes vorbei die Treppe hinauf. Was für eine Schlange. Wie hat Toni gesagt eine Serpente.

Beim Abendessen berichtete Johannes Clara von den Ereignissen bei Artus. „Du meinst, sie hat gemerkt, dass es Artus nicht gut geht und ist einfach gegangen?" „Wenn sie das nicht gesehen hat, dann ist sie blind. Sie muss es gesehen haben." „Was soll das denn, warum macht sie das?" „Ich kann das natürlich nicht mit

Gewissheit beantworten und vielleicht ist es auch unfair ihr gegenüber, aber ich tippe mal, dass sie scharf auf das Erbe ist." „Poah, wenn das stimmt." „Wir können ja ein wenig auf Artus achten, was meinst du?" „Das ist eine gute Idee." „Morgen werde ich übrigens mal zu dem Seglerladen fahren, mal sehen, wie die so ausgestattet sind." „Kann ich mit?", kam es wie aus der Pistole geschossen von Clara. „Aha.", sagte Johannes ein wenig gedehnt" „Was heißt hier Aha?" „Aha heißt, dass ich mich nur darüber wundere, dass du mit mir Farbe kaufen gehen willst. Das hängt nicht etwa mit einem gewissen Clemens zusammen?" Clara lief rosa an, sagte aber nichts." „Dachte ich es mir doch." Johannes grinste seine Tochter an. „Paps du bist so doof, weißt du das?" Clara grinste zurück. „Zeig mal ein Foto von ihm." „Woher willst du denn wissen, dass ich ein Foto von ihm habe?" Generation Sozial Media, sage ich da nur." „Aber Paps, kein Handy bei Tisch, erinnerst du dich?" äffte sie ihn nach. Johannes Grinsen wurde noch breiter und unverschämter. Er stand auf und ging ins Wohnzimmer hinüber. So laut, dass sie es hören musste meinte er dann. „Hier darfst du mir das Bild aber zeigen." Clara tauchte im Türrahmen auf und fingerte ihr Smartphone aus der Gesäßtasche. Sie wischte auf dem Display herum und hielt ihm dann das Telefon entgegen. „Mhm.", brummte Johannes. „Und er geht mit dir in die gleiche Klasse?" „Ja, wie findest du ihn?" „Ganz ok.", kam es etwas lahm von Johannes. Clara riss ihrem Vater das Telefon aus den Händen und sah sich das Bild an, als wollte sie überprüfen, ob ihr Vater Recht hätte. „Aber der sieht doch Granate aus.", sagte sie und ihr Gesicht nahm einen verträumten Ausdruck an. Johannes lächelte seine Tochter liebevoll an, was sie natürlich nicht sehen konnte, da sie nur Augen für das Foto hatte. „Also ich finde seine Ohren zu groß, die Nase zu dick, den Hals viel zu kurz und die Haarfarbe, na ja Straßenköterbraun." Clara sah ruckartig zu ihrem Vater hoch. „Spinnst du? Der Hals ist ganz normal." Jetzt erst sah sie, dass ihr Vater ein Lachen kaum unterdrücken konnte. Sie schnappte sich eines der Sofakissen und warf es nach ihrem Vater, der es geschickt auffing. Sie funkelte ihn an. „Und du musst gerade etwas sagen. Er hat wenigstens noch alle Haare auf dem Kopf. Bei deiner halben Bowlingkugel ist das ja schon lange nicht mehr der Fall." Bevor Johannes das Kissen zurückwerfen konnte, war Clara aus dem Zimmer geflitzt. „Na warte, ich krieg dich und dann werde ich dir eine neue Frisur verpassen.", sagte er lachend und rannte seiner Tochter hinterher.

Das Bootshaus

Kapitel 5

„Da vorne ist es." „Wo?", fragte Johannes. „Na da, siehst du es nicht auf der linken Seite?", antwortete Clara. „Ah ja. dass da?" Johannes deutete auf ein Haus, vor dem ein großes Schild auf Stelzen angebracht war. -Jackson Boat Yard- stand darauf geschrieben. Daneben direkt am Eingang des Hauses angebracht -Paulas Seglerladen-. Das Haus sah im Grunde aus wie viele andere hier. Eineinhalbgeschossig und hellrot geklinkert, lag es am Südende der Ortschaft ein kleines bisschen außerhalb. Hinter dem Haus direkt am See gelegen, befanden sich zwei kleine grün gestrichene Hallen. „Jacksons Boat Yard. Das hört sich bedeutend an." „Ne, eigentlich nicht!", sagte Clara. „Aber Clemens Dad kommt aus den USA." „Na, das erklärt alles. Die Amis erobern die Uckermark.", antwortete Johannes. Knirschend kam der Wagen auf dem gekiesten Parkplatz zum Stehen.

Mit einem Klingeling öffneten sie die Tür. Gleich darauf standen sie vor der Ladentheke. Das Geschäft sah aus, wie ein Seglerladen eben aussieht. Im Eingangsbereich Ständer mit maritimer, modischer Kleidung auf der einen und seglerischer Funktionsbekleidung auf der anderen Seite. Weiter hinten in Regalen an den Wänden waren Farben, Pinsel, Spachtel, Schleifpapier und vielerlei Dinge aufgereiht, die man zur Pflege von Booten benötigte. Aus einem Durchgang hinter dem Tresen kam eine Frau. „Hallo.", sagte sie, „Was kann ich für euch tun." Bei dem Anblick der Frau hatte Johannes schlagartig ein seltsames Ziehen in der Magengegend. Sie war vielleicht so alt wie er, trug eine hautenge, verwaschene Jeans, die ihre Rundungen umschmeichelte und ein großkariertes Hemd mit aufgerollten Ärmeln, das über dem Nabel zusammengeknotet war und ein Stückchen ihres Bauches frei gab. Am beeindruckendsten waren aber ihre dunkelbraunen wild gelockten Haare. Sie blies sich eine Strähne aus dem Gesicht und lächelte erwartungsvoll. Johannes sah nur weiter diese Frau an, bis Clara ihm einen leichten Stups gab. Dann sagte sie: „Ich bin Clara, eine Klassenkameradin von Clemens. Und das ist mein Vater. Er möchte Sachen für ein Boot kaufen." Sie funkelte ihren Vater an. Johannes hatte sich wieder gefangen und sagte etwas stotternd: „Ähm, ja das stimmt." Die Frau auf der anderen Seite sah ihn durchdringend, aber lächelnd aus braungrünen Augen an, legte den Kopf etwas schief und meinte „Was stimmt, dass sie ihr Vater sind, oder dass sie etwas für ein Boot kaufen möchten?" „Beides, es stimmt beides." Noch bevor er weitersprechen konnte, sagte Clara „Ist Clemens auch da?" „Ja, er ist hinten in der Bootshalle. Soll ich ihn holen?" An Claras Hals zeigten sich kleine rote Flecken. Johannes kannte das natürlich. Sie war aufgeregt und sagte knapp. „Wenn das ginge?" Ohne etwas zu erwidern, zwinkerte die Frau Clara zu, drehte sich um und verschwand in dem Durchgang, aus dem sie gekommen war. „Du hast sie angestarrt Paps.", zischte Clara leise. „Hab ich?" „Ja, hast du! Wie peinlich." Augenblicklich schoss Johannes die Röte ins Gesicht. Wie kann das sein, dachte er noch, ich bin 48 Jahre alt und habe Anwandlungen wie ein Teenager. Er musste Grinsen. In diesem Augenblick kam ein Junge, etwa so alt wie Clara, mit blonden Haaren in Jeans und T-Shirt aus dem Durchgang. Hannes konnte verstehen, dass Clara etwas an ihm fand. Er war groß und hatte ein charmantes Lächeln. Ein hübscher Bursche, dachte Hannes als Clemens sagte. „Hi Clärchen, was machst du denn hier?" „Clärchen?", kam es fragend von Johannes.

Wieder wurde Clara ein wenig röter. „Ja, das ist so eine Art Spitzname." Und an Clemens gewandt: „Wir wollen etwas für unser Boot kaufen?" „Ihr habt ein Boot? Das hast du mir ja gar nicht erzählt." „Eigentlich ist es nicht unser Boot, es gehört dem Freiherrn. Paps soll es restaurieren. Danach können wir es segeln." „Du kannst segeln?" „Nein noch nicht, aber ich möchte es dann lernen." „Soll ich es dir beibringen?" „Ja gerne, warum nicht." „Kommst du mit? Ich habe auch ein Boot, an dem ich gerade arbeite. Willst du es sehen?" Vergnügt verfolgten Johannes und Clemens Mutter das Gespräch ihrer Kinder und warfen sich einen kurzen Blick zu. Johannes musste unwillkürlich schlucken. Das gefiel ihm nicht, denn es ließ ihn irgendwie verlegen wirken. „Klar.", sagte Clara, huschte um den Tresen herum, ergriff Clemens Hand und schon waren die beiden verschwunden. „Das ist also Clärchen.", sagte die Frau lächelnd. „Clemens spricht viel von ihr. Clärchen hat dies. Clärchen tut das und so weiter." „Ach wirklich?", antwortete Johannes und es klang etwas kritischer als beabsichtigt. Jetzt streckte die Frau ihm ihre Hand entgegen. „Ich bin Paula.", sagte sie lächelnd. Dieses Lächeln gab eine Reihe schöner Zähne preis, die ihn aus einem glänzenden, schön geschwungenen Mund anblitzten. „Äh, ich bin Johannes." „Schön dich kennen zu lernen. Was für ein Boot hast du denn? Du arbeitest für den Alten von Würmelshausen?" „Richtig, ich bin dort der neue Verwalter des Herrenhauses. Das Boot gehört nicht zu irgendeiner Klasse. Es ist soweit ich das einschätzen kann ein alter Werftbau. Laut Werftschild am Boot wurde es 51 gebaut. Es ist eine Jolle, halbgedeckt mit Stahlrumpf und Holzdeck." „Du kennst dich mit Booten aus?", wollte Paula wissen. „Ein bisschen. Es ist in einem schlechten Zustand und es muss einiges darangemacht werden. Weißt du, wo ich Schweißarbeiten durchführen lassen kann?" „Ja klar, das kann ich dir sagen. Hier. Ich habe ja eine kleine Reparaturwerft." Wie dumm von mir, dachte Johannes. „Ach so ja natürlich.", sagte er. „Willst du den Betrieb sehen?" „Gerne, warum nicht.", antwortete Johannes und erinnerte sich amüsiert an das Gespräch seiner Tochter vor wenigen Minuten.

Kurz darauf standen sie vor zwei länglichen Hallen, die beide ein flaches Satteldach hatten. Zwischen den Gebäuden stand ein Boot, das offensichtlich gerade überholt wurde und zum Teil einen schon frischen Anstrich hatte. Die Türe einer der Hallen stand offen. „Das ist unsere Bootshalle.", sagte Paula und deutete auf die

Halle mit der offenen Türe. „Und in der anderen Halle ist die Werkstatt."

Im Inneren der Bootshalle brannten helle Lichter. In der Mitte der Halle befand sich ein hölzernes, blau lackiertes Boot. Als Paula und Johannes es umrundet hatten erblickten sie Clemens und Clara, sich eng umschlungen küssend. „So werden hier also Boote renoviert.", sagte Paula und lachte. „Äh, Mama, kannst du nicht." „Klopfen?", ergänzte Paula. „Nö, meine Werft." „Wenn ihr ungestört sein wollt, geht in dein Zimmer." Johannes, der nicht wusste wie ihm geschah, sah nur leicht verwirrt zwischen den Teenagern und Paula hin und her, als Clemens Clara an der Hand hinter sich herziehend die Halle verließ. Johannes klappte den Mund auf und zu, sagte aber nichts. „Komm ich zeig dir noch die Werkstatt." Paula lächelte ihn an. Am liebsten wäre Johannes seiner Tochter und Clemens nachgelaufen, aber das ging jetzt natürlich nicht. Er musste cool sein und konnte nicht den eifersüchtig besorgten Vater geben.

Eine halbe Stunde später hatte Johannes das notwendigste eingekauft, um das Boot so weit vorzubereiten, dass es in Jacksons Boat Yard geschweißt werden konnte. Mit Paula hatte er besprochen dass er sich dann wieder bei ihr melden würde. Nun saßen Clara und Johannes wieder im Auto. „Ok.", sagte Johannes in die Stille hinein. „sein Hals ist nicht zu kurz." „Hab ich doch gesagt.", meinte Clara und grinste. „Wie findest du ihn?" „Mir wäre es zwar lieber, wenn er seine Zunge nicht in den Hals meiner Tochter steckte, aber ansonsten finde ich ihn ok." „Paps du bist ein altmodischer Spießer. Außerdem musst du gar nichts sagen." Dabei zog sie das du in die Länge. „Dir sind ja beinahe die Augen aus dem Kopf gefallen, als du Paula angestarrt hast." Ein wenig unbehaglich auf seinem Sitz hin und her rutschend, antwortete Johannes: „Oh Mist, war das so offensichtlich?" „Ja, für mich schon." „Das ist mir jetzt echt peinlich." „Ich denke das ist sie gewöhnt. Sie sieht echt super aus. Da wird sie wohl öfter von den Männern hier so angeglotzt." „Allerdings.", meinte Johannes ein wenig in Gedanken. „Was allerdings?" „Na, dass sie echt super aussieht. Irgendwie wie so ein Cowgirl aus den Südstaaten. Da fällt mir ein, wo ist denn eigentlich der Herr, nach dem die Werft benannt ist?" „Paps, das ist ein heißes Thema.", sagte Clara und winkte ab. Johannes sah sie an und zog fragend die Augenbrauen hoch, als ob er sagen wollte, na und? „Der feine Herr Jackson ist vor einem Jahr ausgezogen, einfach so. „-Life in Germany and especially here in the east is so dreary and boring.-, hat er gesagt, seine Koffer gepackt und ist zurück nach Wayne County in Utah gegangen, wo er herkommt." „Verstehe, das kommt mir irgendwie bekannt vor.", sagte er und ließ einen Seufzer hören. „Vielleicht ist er ja mit Mama unterwegs."

„Vielleicht.", sagte Johannes und lachte. „Dann erleben sie sicher ganz aufregende Abenteuer in Wayne County, Utah." „Ganz bestimmt.", antwortete Clara vergnügt. „Clemens hat gesagt, dass er einmal da war und nie mehr dahin will. Es ist so ne Art Wüste und es leben dort pro Quadratkilometer weniger als ein halber Mensch." „Dagegen ist die Uckermark regelrecht überbevölkert." „Stimmt hier sind es über 30 Leute." „Das wäre was für Mama, meinst du nicht." „Die würde sich danach `ner Woche erschießen." „Ups, wieder zwei Quadratkilometer unbesiedeltes Land mehr." „Paps, also wirklich.", bekam Johannes gespielt entrüstet zurück. „Was denn, ist doch wahr. Von mir aus kann sie bleiben, wo der Pfeffer wächst, oder in Wayne County. Das ist ja mehr oder weniger das gleiche." Beide schwiegen eine Weile, bis Clara meinte „Also, soweit ich von Clemens weiß, findet Paula das Leben hier nicht boaring and dreary." „Und was willst du mir damit jetzt sagen?" „Aber Paps, so wie du sie angeglotzt hast, findest du sie auch nicht boaring and dreary, oder?" Anstatt auf die Frage zu antworten sagt er nur: „Was heißt das eigentlich dreary?" „Das bedeutet öde. Du hast mir immer noch nicht gesagt, wie du sie findest." „Na, phh ganz hübsch." „Ich finde sie hat den heißesten Body, den ich je bei einer Frau in ihrem Alter gesehen habe." „Als wenn es nur darauf ankäme." „Ein tolles Gesicht hat sie auch.", sagte Clara und grinste provozierend. „Das meine ich nicht." „Du meinst sicher was für ein Mensch sie ist.", kam es abfällig von Clara. „Was denn sonst?" „Paps, du bist doch ein Mann, die denken doch eigentlich in anderen Kategorien. Denn ihren Intellekt hast du ja wohl kaum angestarrt." „Jetzt ist es aber langsam genug, junges Fräulein!"

Drei Wochen später waren die Arbeiten im Afrikanischen Salon abgeschlossen und das fehlende Fugenmaterial in der Bruchsteinmauer ersetzt worden. Toni war bei ihm erschienen und meinte, er solle die Arbeiten abnehmen und den Stundennachweis unterschreiben. Johannes stand auf und folgte Toni hinüber ins Haupthaus. Dabei kamen sie am Arbeitszimmer des Freiherrn vorbei. Er musste an den Vormittag denken. Er hatte eine Besprechung mit seinem Arbeitgeber gehabt, bei der es um das indische Zimmer ging. Dort waren einige kleine Mosaikfliesen zu ersetzen und Johannes besprach gerade die Farbauswahl mit ihm. Wie zuvor hatte Johannes auch dieses Mal nicht bemerkt das der Alte in diesen Stupor verfallen war. Erst als dieser davon brabbelte, dass es nicht die Ohren des Buddhas seien, fiel ihm auf, dass etwas nicht stimmte. Doch noch bevor er etwas unternehmen konnte, schien Artus wieder zu sich gekommen zu sein, sah sich ein wenig verwirrt um und wollte von Johannes wissen, ob er wieder weggetreten war. Als Johannes ihm berichtete, was er gesagt hatte, musste der Alte grinsen und sagte halblaut, dass das wohl stimmt und es nicht die Ohren Buddhas seien, sondern andere. Johannes hatte nichts verstanden und auf seine Nachfrage hin winkte Artus nur ab und meinte, dass es nicht so wichtig sei. Schon ein komischer Kauz, dachte Johannes als er vor dem Afrikanischen Salon ankam. Er begutachtete die Arbeiten. Alles war zu seiner Zufriedenheit ausgeführt worden. Als die Arbeiter gegangen waren, stand er allein im Zimmer und ließ es auf sich wirken. Die Handwerker waren ebenfalls sehr beeindruckt gewesen. Sie baten Johannes darum ein Foto von ihnen vor dem Löwen und der Statue des Königs von Buganda zu machen. Johannes lächelte, als er daran dachte. Sein Blick fiel auf die lebensgroße Figur mit dem Speer in der Hand. Johannes dachte an den Freiherrn und wie er diese Statue wohl aus dem Land geschmuggelt hatte. Was für ein Abenteuer und jetzt sitzt er im Rollstuhl und brabbelt etwas von Buddhas Ohren. Armer Kerl. Sein Blick ruhte noch immer auf der Figur aus schwarzem Holz mit dem Speer in der Hand. Beim ersten Anfall, was hatte er da noch gesagt? Irgendwas mit dem Speer. Was war das noch? Haben sie schon mal am Speer gedreht, oder so. Johannes ging zur Figur hinüber und drehte den Speer ein wenig um seine Längsachse.

Es schien, als würde er einrasten, wie so eine Art Schalter. Es klickte, ein Surren gefolgt von einem schabenden Geräusch hob an. Er drehte sich zu der Quelle des Geräusches um und hätte fast vor Erstaunen geschrien. Der große, offene Kamin, mitsamt dem sich darüber befindlichen Spiegel glitt zu Seite und gab einen kleinen Raum frei. Was war das denn? Erschrocken drehte Johannes den Speer in die andere Richtung, bis er erneut einrastete. Kamin und Spiegel glitten in ihre Ursprungsposition zurück. Johannes Herz klopfte wie wild. Er sah sich um. Ob das irgendjemand mitbekommen hatte? Niemand war da. Sein Herzschlag normalisierte sich langsam. Ein Geheimgang? Krass. Ob er den Alten danach fragen sollte? Vielleicht. Oder besser nicht. Der weiß bestimmt davon. Erstens hat er das Herrenhaus umbauen lassen und zweitens die Statue hierhergebracht. Logisch hat er Kenntnis von der Sache. Wenn ich jetzt erzähle, dass ich seinen Geheimgang gefunden hab, denkt er sicher ich spioniere überall herum. Keine gute Idee. Ich behalte das besser für mich.

Beim Abendessen schien Johannes unkonzentriert und fahrig. Dieser Geheimgang, oder was auch immer es war, ging ihm nicht mehr aus dem Kopf. Ich muss nachsehen, was da ist. „Paps, was ist los? Du bestreichst dein Brot nun schon fast eine Minute lang mit Butter. Wozu machst du das?" „Was? Äh, wie?" „Die Butter!" Johannes sah auf sein Brot hinunter und legte das Messer weg. „Denkst du an Paula?", fragte Clara feixend. „Äh, nein." „Wirklich nicht?" „Wirklich nicht. Wozu auch." „Ich sage nur glotz, glotz." Johannes atmete geräuschvoll aus und schüttelte schweigend den Kopf. Er dachte, soll ich ihr von dem Geheimgang erzählen? Warum nicht, wenn sie mir verspricht niemandem etwas davon zu erzählen. Johannes sah seine Tochter ernst an. „Wenn du mir versprichst, es niemandem zu erzählen, vertraue ich die ein Geheimnis an, ok?" „Ja, ok. Aber ich weiß doch schon, dass du in sie verschossen bist." „Nein, es ist etwas anderes." „Klar ist es was anderes. Das du in sie verknallt bist, habe ich sofort gespürt, das ist ja kein Geheimnis mehr." „Mal im Ernst, willst du es hören oder nicht." „Ja, natürlich, also erzähl schon." „Erst schwören!" „Paps du stellst dich echt wie ein Baby an." „Mir egal. Schwöre."

Während Johannes erzählte, was er entdeckt hatte wurden Claras Augen immer größer. Als er geendet hatte stand sie auf und sagte: „Worauf wartest du, lass uns nachsehen gehen."

Kurz darauf standen sie im Afrikanischen Salon. Draußen war es um diese Jahreszeit noch hell, daher mussten sie kein Licht machen. Johannes hatte Clara eingeschärft, dass sie nur flüstern dürften. Er wollte nicht, dass irgendjemand sie hören konnte und sie beim Herumspionieren erwischt wurden. Obwohl sie wusste, was geschehen würde, konnte Clara einen spitzen Schrei nur knapp unterdrücken, als Johannes den Mechanismus betätigt hatte und der Kamin zur Seite glitt. „Das gibt's ja nicht. Du hast echt die Wahrheit gesagt.", sagte sie flüsternd. „Warum hätte ich auch lügen sollen.", antwortete Johannes ein wenig indigniert. „Weiß nicht, egal." Der Kamin war nun gänzlich zur Seite geglitten und gab einen schwarzen Eingang frei. Als sie näherkamen, stellten sie fest, dass der Raum hinter dem Kamin nur etwa 1,20 Meter breit und einen Meter tief war. Die Wände bestanden aus einem schwarzen, glänzenden Material. „Ist das ein Raumschiff?", fragte Clara zögerlich. „Ach was, schau mal hier. Neben dem Eingang war ein goldener Knopf in die Wand eingelassen. „Ich glaube, das ist ein Fahrstuhl." Nachdem beide den kleinen Raum betreten hatten, drückte Johannes auf den Knopf. Ein Pling ertönte, ein Ring um den Knopf herum leuchtete auf und die Türe schloss sich wieder. Der Fahrstuhl fuhr an. Eigentlich hätte Johannes erwartete, dass er abwärtsführte, aber es ging aufwärts. Kurz darauf, gab es wieder das Pling und die Fahrstuhltür glitt auf. Nur das die Türe jetzt neben ihnen und nicht mehr vor ihnen aufging. „Was ist das?", fragte Clara. Vor ihnen lag ein Raum, der nicht größer war als die Fahrstuhlkabine. Er hatte ein Fenster, das Johannes als das afrikanische Fenster erkannte. Es war aus schwarzem Holz und die Elefanten deren Rüssel den Fensterrahmen bildeten gaben ihm Gewissheit. Der Raum war schlicht tapeziert und mit einer hellbeigen Farbe gestrichen und hatte einen einfachen Parkettboden. Gegenüber dem Fenster stand eine seltsame Figur. Sie war dürr und knotig, mit einem flachen Gesicht. Ungefähr 30 Zentimeter hoch endete sie in einem klumpigen Sockel, der auf einem weißen, etwa einem Meter hohen Podest stand. Auf einem Schild, das auf dem Podest angebracht war, stand Alberto Giacometti -Standing Woman- 1953. Auf einem zweiten Schild, direkt daneben war zu lesen.

Der Mensch - und nur der Mensch - auf einen Faden reduziert - im Verfall und Elend der Welt - der nach sich selbst sucht - von Grund auf.... Der Mensch auf einem Bürgersteig wie brennendes Eisen, der seine schweren Füße nicht heben
kann. (Francis Ponge 1951)

„Das ist eine Figur von diesem Schweizer Künstler. Dieser Giacometti war ein Surrealist.
Ich glaube das Ding hier ist richtig was Wert." „Woher weißt du das denn?" „Wir haben im Kunstunterricht vor kurzen den Surrealismus durchgenommen. Unsere Lehrerin hat uns da auch Bilder dieser komischen Dinger gezeigt." „Außer dieser Figur gibt es hier nichts.", sagte Johannes. Lasse uns lieber wieder verschwinden." Kurze Zeit später saßen sie zusammen an Johannes Schreibtisch und recherchierten den Künstler. „Boa.", sagte Clara. „Schau dir das an. Teuerste jemals versteigerte Figur von Giacometti 141 Millionen Euro. Der zeigende Mann, lebensgroße Figur von US-Milliardär ersteigert." „Diese hier stammt aber von seinem Frühwerk und ist viel kleiner. Aber eine Million ist die auch wert. Schau mal die da ist so ähnlich und wurde für 985.000 US Dollar versteigert." „Ich verstehe, mit diesem Geheimaufzug schützt er dieses teure Kunstwerk. Man hat ja schon mal von privaten Kunstsammlern gelesen. Ich habe mich dabei immer gefragt, was das wohl für Menschen sind und wie sie leben. Jetzt

wissen wir es." „Ob es wohl noch weitere dieser Fahrstühle gibt?" „Keine Ahnung, aber anzunehmen ist es. Es gibt ja sechs dieser Fenster." „Es ist spät.", sagte Johannes und sah auf seine Uhr. „Lass uns schlafen gehen."

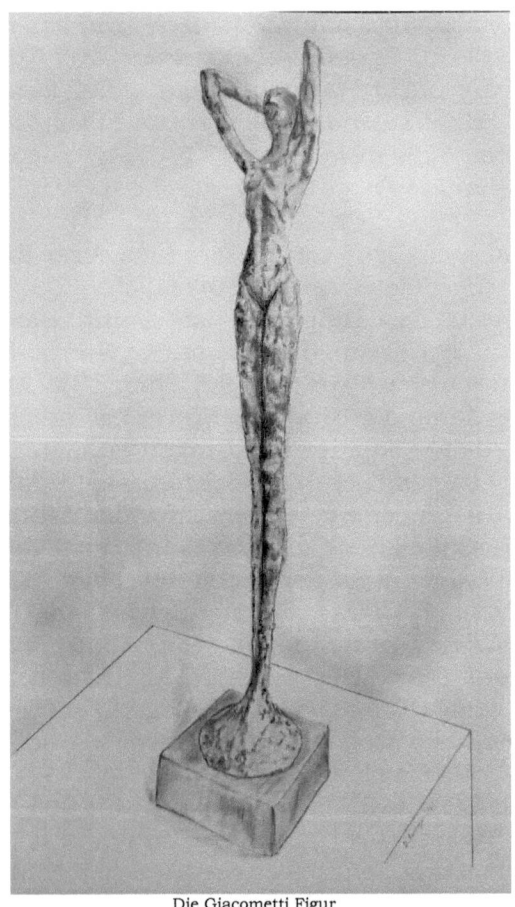

Die Giacometti Figur

Kapitel 6

Johannes lag noch lange wach. Er dachte über diesen seltsamen Raum mit der kleinen Figur von Giacometti nach. Sollte er die Sache wirklich für sich behalten. Nein er würde nichts sagen, was sollte das bringen. Dem, dem er es erzählen konnte, wusste es ja selbst und vermutlich noch viel mehr. Er würde schweigen, das wäre das Beste. Und morgen würde er Clara einbläuen, dass sie auf jeden Fall den Mund halten sollte, auch gegenüber Clemens.

Was war wohl hinter all den anderen Fenstern versteckt. War da überhaupt etwas? Und wenn ja, gab es einen geheimen Mechanismus? Bestimmt gab es den. Wie konnte es aber sein, dass niemand etwas davon wusste. Der Freiherr hatte das Herrenhaus doch umbauen lassen. Da wurde dann sicher auch der Fahrstuhl eingebaut. Vielleicht würde Toni etwas wissen.

In dieser Nacht träumte Johannes wirres Zeug und war am nächsten Morgen entsprechend erschlagen. Ein Glück, es war Samstag und er konnte eigentlich ausschlafen. Seine innere Uhr protestierte aber dagegen. Trotzdem er sich müde fühlte, war er hellwach und schwang die Beine aus dem Bett. Er blieb noch für einen Moment sitzen. Was hatte Artus gebrabbelt, als sie über das indische Zimmer sprachen? Irgendetwas über die Ohren Buddhas. Ob das vielleicht auch etwas mit einem Geheimversteck zu tun hatte? Ihm kam eine Idee.

Erst mal frühstücken und dann würde er nachsehen. Außerdem war für heute Nachmittag geplant, das Boot zur Jacksons Boat Yard zu bringen. Er hatte mit Claras Hilfe, den Rumpf leergeräumt und bis auf das blanke Metall abgeschliffen. Zwei Mal hatte sogar Clemens geholfen. Er hatte sich, was zu erwarten gewesen war, sehr geschickt angestellt. Johannes ertappte sich bei dem Gedanken, dass er sich fragte, ob er Paula sehen würde. Er schüttelte den Gedanken ab. Und wenn, was würde es ihm bringen? Plötzlich wurde die Tür zu seinem Schlafzimmer aufgerissen. Johannes zuckte zusammen. „Paps! Ich muss dir dringend was erzählen!" „Verdammt noch mal, Clara. Kannst du nicht anklopfen. Ich habe mich fast zu Tode erschreckt." Wie vom Donner gerührt blieb Clara abrupt stehen, wurde rot und machte ein schuldbewusstes Gesicht. Mit einer Geste der Entschuldigung schloss sie übertrieben leise die Tür und klopfte dann zaghaft. „Komm rein du Monster.", sagte Johannes laut. Er musste jetzt fast lachen. Sein Zorn war genauso schnell verflogen, wie er gekommen war. „Was gibt es denn du Krawalltante." Clara setze sich zu Johannes aufs Bett und legte ihm einen Arm um die Schultern. „Also zuerst einmal tut es mir leid, dass ich dich so erschreckt habe." Sie klimperte mit ihren Wimpern und sah ihn gespielt um Vergebung bittend an. „Wieso glaube ich dir das nicht? Also sag schon was willst du?" „Ich will gar nichts, aber ich muss dir dringend was erzählen." „Wollen wir nicht erst mal frühstücken? In meinem Magen rumpelt es wie in einem Steinbruch, außerdem muss ich mal wohin. Du könntest eine brave Tochter sein und das Frühstück richten, ich komme gleich." „Ok, mal sehen was Dora so zu bieten hat." Johannes schüttelte resigniert den Kopf. „Ich weiß ja nicht, ob es meinen Bestrebungen dich zu einer selbstständigen, eigenverantwortlichen und fleißigen Person zu erziehen entgegenkommt, dass wir hier wohnen und du nichts wirklich selbst tun musst." „Aber Paps, sieh es doch mal so. Ich verwende die von dir an mich vererbte außergewöhnliche Intelligenz und nutze nur die Möglichkeiten, die uns dieses Leben hier bietet. Und wenn ich mein Potential ausschöpfe, dann ist dein Ziel doch erreicht, oder?" Johannes stand auf, bewegte sich in Richtung des Badezimmers und brummte „Hoffentlich hält sich dein kriminelles Potential in Grenzen, in ganz engen Grenzen." „Haha", kam es von Clara. „Von wem soll ich das denn haben, von dir sicher nicht." „Von deiner Mutter."

Es war schon ein wirklicher Luxus. Als er aus dem Bad kam, war der Tisch gedeckt und Dora hatte einen kleinen Wagen gebracht, auf dem alles was man sich zum Frühstück wünschen konnte, angerichtet war. Wurst, Käse, Marmelade, Brötchen Eier, Müsli und Obst. Kaffee und Tee sowie Orangensaft gab es natürlich auch.

Nach dem sie sich an den Tisch gesetzt hatten begann Clara ein wenig aufgeregt: „Heute Morgen, als ich aufgewacht bin, war die Katze mal wieder verschwunden. Du weißt ja, dass sie durch die Klappe in der Wohnungstür ins Herrenhaus kommt und dort herumschleicht. Also bin ich sie suchen gegangen. Sie war weder im Ober- noch im Erdgeschoß. Also bin ich in den Keller gegangen. Dort hat ja der Fahrer, also dieser Mike seinen Tagesraum. Du weißt, da wo er den Spind für seine Uniform hat, wo so ein kleiner Schreibtisch steht und wo die ganzen Autoschlüssel hängen."

Johannes nickte. „Ich habe schon von weitem gehört, das er nicht allein war. Susanna war bei ihm und sie haben sich unterhalten." „Na und?" „Worüber sie sich unterhalten haben, war das interessante. Ich bin im Gang stehen geblieben und habe, na ja, gelauscht. Es ging um Artus. Es würde ihr stinken, dass er sein ganzes Geld in den Erhalt dieses alten Kastens am Arsch der Welt stecken würde. Und dann dieses ganze unnütze hässliche

Zeug, diese Salons, mit dem ganzen Plunder, den er von überall auf der Welt angeschleppt hat." Johannes hob skeptisch die Brauen. „Wenn die einmal hier das Sagen hat, dann gute Nacht. Dann kann ich mir was Neues suchen. Vielleicht war es ein Fehler, nicht zu berücksichtigen, dass Artus schon alt ist und nicht ewig leben wird." Johannes seufzte. „Genau, denn sie hat dann noch gesagt, dass sie hoffe, dass der Alte bald stirbt, also eigentlich hat sie abkratzt gesagt." „Eigentlich will ich das gar nicht wissen." „Jetzt weißt du´s aber. Und sie hatte eine Liste oder sowas dabei, jedenfalls hat sie zu Mike gesagt, schau mal hier und schau mal da. Auf dieser Liste waren die Kunstwerke aufgeführt, die es im Haus gibt. Dann kam der Hammer. Sie meinte sie könnten schon anfangen das ein oder andere hässliche Bild und die ein oder andere fürchterliche Plastik zu verscherbeln. Der Alte könnte mit seinem Rollstuhl ja kaum noch die Etage verlassen. Wie sollte er denn da etwas davon mitbekommen, wenn sie im Erdgeschoß einige Kunstwerke zu Geld machen würde. Was sagst du denn dazu?" Johannes überlegte. Nach einer Weile sagte er: „Ich werde mal ganz vorsichtig mit dem Alten darüber sprechen. Ich glaube, dass die Bilder an den Wänden nicht gegen Diebstahl gesichert sind. Das ist sicher ein Problem, wenn es mal zu einem Diebstahl kommt, du verstehst, was ich meine. Vielleicht kann ich ihn dazu überreden, dass er ein Alarmsystem einbauen lässt, dann wird es für Susi schwieriger, Kunstgegenstände zu verscherbeln." „Coole Idee. Und wie schützen wir Artus davor, dass sie ihn nicht frühzeitig, du weißt schon was ich meine." „Ich glaube, da weiß ich auch schon etwas." „Stell dir mal vor, sie findet diese Giacometti Figur. Ich glaube, dass Artus allein dort niemals mehr hinkommt. Also würde er nicht mal mitbekommen, wenn das Ding geklaut wird." „Da hast du Recht." Nach einem Augenblick des Schweigens ergänzte er: „Sehr wahrscheinlich ist das aber nicht. Sie meidet die exotischen Salons. Sie findet das Zeug darin ja gruselig."

„Wann fahren wir zu Clemens und Paula?", wechselte Clara plötzlich das Thema. „Nachher mein Schatz, aber erst möchte ich noch etwas nachprüfen." „Was denn?" Clara schob sich die Hälfte eines Brötchens in den Mund. Johannes stand auf und kam nach einem Moment mit einem Gerät zurück, das Clara entfernt an eine Pistole erinnerte. Mit immer noch vollem Mund fragte sie: „Waf ift daf?" „Das ist ein Laser Entfernungsmesser?" „Waf wilft du damit?" „Mit vollem Mund spricht man nicht. Was haben dir deine Eltern nur für Manieren beigebracht." „Keine! Aber sag mal, was macht man damit?" „Komm mit, dann zeige ich es dir."

Fünf Minuten später standen sie in einer der Suiten, die für die Gäste gedacht waren, die vielleicht nicht mehr kommen würden. Sie mussten leise sein, da auf der gegenüberliegenden Seite des Flures die Wohnungen von Artus und Susanna lagen. „Schau hier.", sagte Johannes zu Clara, als er die Entfernung zwischen der Wand, die zum Flur hin lag und der Außenwand gemessen hatte. „Merke dir die Zahl." Nun maßen sie die Entfernungen der anderen Räume, auf der Seite, auf der das Badezimmer lag." „Weißt du noch, als wir herausfinden wollten, zu welchem Raum die Schmuckfenster gehören?" „Klar, sie müssten dort sein, wo die Badezimmer sind." „Stimmt. Und wir wissen, dass sich genau hinter dieser Wand, der kleine Raum mit der Giacometti Figur und dem afrikanischen Fenster befindet. Wenn wir nun die

Abstände von der Außenwand bis zum Flur hin messen, kommt dabei eine Differenz von knapp zwei Metern heraus. Stimmts?" Johannes hielt Clara das Messgerät hin, so dass sie die Zahl ablesen konnte. Sie nickte. „Nun müssen wir diese Prozedur nur noch in den anderen Suiten wiederholen, dann wissen wir was?" Clara nickte und sagte „Ob sich dahinter auch geheime Räume befinden."
Johannes nickte. „Meine Tochter ist ein schlaues Kind."

Eine Stunde später hatten sie das alte Boot mithilfe des Deckenkrans in der Bootshalle auf einen Anhänger gehievt, den sie sich für diesen Zweck ausgeliehen hatten. Es war mit Gurten vor dem Verrutschen gesichert worden und nun waren sie auf dem Weg zur Werft. „Der ist viel zu grell.", sagte Johannes mit einem Seitenblick auf seine Tochter, die sich gerade die Lippen nachgezogen hatte. „Schau du lieber auf die Straße Paps, sonst bauen wir noch einen Unfall." Johannes grinste breit. „Nur so zur Info. Paula ist auch da." „Na und?" „Tu nicht so. Ich habe doch gemerkt, dass du viel länger im Bad gebraucht hast als sonst." „Quatsch, das war nur, weil heute Samstag ist und ich Zeit hatte." „Mhmm. Schon klar. Und deshalb riechst du auch, als wärst du in eine Badewanne voller Parfum gefallen." Johannes schnupperte an seinem Arm. „Meinst du es ist zu viel?" Clara lachte hell. „Nein Paps, es ist ok. Besser als sonst." „Also wirklich, was soll das denn heißen?" Johannes bog auf den Parkplatz vor der kleinen Werft ein. Clemens stand schon draußen vor der Halle und wies Johannes winkend ein. „Hat der jetzt die ganze Zeit gewartet?" Clara sah ihren Vater resigniert an und wedelte mit ihrem Smartphone. „Generation Sozial Media sag ich nur." Johannes grinste.

Kurz darauf war auch Paula erschienen. Johannes wagte sie kaum anzusehen, hatte er doch Angst, dass er am Ende wieder glotzen würde. Heute war sie in eine weiße, enge Jeans, und ein weißes Top gekleidet, über dem sie ein lässiges weites hellblaues Hemd trug. Sie ging um das Boot herum und musterte es mit dem Blick der Expertin.

„Ist wirklich eine hübsche alte Dame." „Na ja.", antwortete Johannes „Da hat der Zahn der Zeit schon ganz schön dran herum genagt."

Mit einem schwarzen Permanentmarker kreiste sie die Rostlöcher am Boden des Bootes großflächig ein. Das schneide ich weiträumig aus, damit ich dann entsprechend große Platten einschweißen kann. Das wird wieder. Dann sind die Alterungsspuren bald beseitigt. Wenn das bei mir doch nur auch so ging.", sagte sie lachend und beobachtete Johannes Reaktion. Fishing for Compliments, dachte er. „Für Boote gibt es Blech und für." „Und für Mütter gibt es Schminke.", ergänzte Clemens den Satz, der zusammen mit Clara plötzlich neben ihnen stand. Seine Mutter knuffte ihn in die Seite. „Na habt ihr eure Begrüßungszeremonie beendet?" „Was meinst du?" „Dein Mund glänzt wie frisch lackiert.", sagte sie und lachte. Dann wandte sie sich wieder dem Boot zu. „Wenn du Ende der Woche vorbeikommst.", sagte sie an Johannes gewandt, „Können wir besprechen, wie wir am Boot weitermachen. Kannst ja am Freitag nach Feierabend kommen, dann können wir das bei einem Bier oder Wein besprechen, was meinst du?" Clara rollte hinter Paulas Rücken mit den Augen und Clemens schloss die Augen und gab einer imaginären Person Luftküsse. Johannes wurde rot dabei und hoffte, dass Paula es nicht bemerkt hatte. Na wartet ihr Biester, dachte er, das zahle ich euch heim. „Ja gerne. Ich könnte um vier Schluss machen und dann gegen halb fünf hier sein." „Prima!", bekam er zur Antwort. „Bis Freitag dann." Sie lächelte ihn an und ein Glühen erfasste ihre Wangen. Johannes lächelte zurück.

„Was wolltest du denn eigentlich antworten, als Clemens dir ins Wort gefallen ist?", fragte Clara, als sie mit dem Auto zurück zum Herrenhaus fuhren. „Ich weiß nicht was du meinst." „Klar weißt du das. -Für Boote gibt es Blech und für Punkt, Punkt, Punkt." „Ach so das. Und für Frauen Botox." „Paps!", echauffierte sich Clara, „Wenn du das gesagt hättest, dann hättest du es echt verkackt. Also wirklich!" „Das hätte ich natürlich nicht gesagt, ich wollte dich nur ärgern." „Soso und was hättest du Paula geantwortet?" „Und so schöne Frauen wie du müssen nicht renoviert werden natürlich." „Du Schleimer."
Mit einem Blick auf seine Uhr, bestätigte sich für Hannes, dass das Gefühl, welches aus seinem Magen emporstieg, ihn nicht trügte. „Ich habe Hunger, wie stehts mit dir?" „Eine Kleinigkeit aus Merlins Zauberkessel könnte ich auch vertragen. Wir können Dora ja mal fragen, ob noch Reste vom Mittagessen da sind."
Dora war zunächst etwas ungehalten gewesen, das Johannes vergessen hatte, ihn und Clara abzumelden. Nachdem sich die beiden allerdings blumig entschuldigt hatten und man ihr bestätigt hatte, dass sie die beste Köchin in Prenzlau und Umgebung sei, ach was in der gesamten Uckermark, war sie besänftigt. „Ich habe noch Kartoffeln und Kohlrouladen übrig. Gegessen wird aber hier." „Aber das ist doch selbstverständlich, wenn wir schon zu spät sind."

Kurz darauf saßen sie zu dritt am Küchentisch. Dora schnippelte etwas. Clara und Johannes genossen das Essen. „Das schmeckt einfach köstlich." „Clara!" „Ja ist ja gut, nicht mit vollem Mund. Weiß ich doch." „Ach, lass sie doch Johannes. Wenn es ihr schmeckt." Dora lächelte Clara sanft an. „Das ist das Leid einer Köchin. Man bekommt fast nie eine Rückmeldung, ob und wie das Essen schmeckt. Ich mache das in diesem Hause jetzt seit über vierzig Jahren und ich kann es an einer Hand abzählen, wie oft man mir gesagt hat, dass es schmeckt." „Du hast Recht, man müsste dir viel öfter sagen, wie toll du kochst.", sagte Johannes. „Du bist seit über vierzig Jahren hier?", fragte Clara ungläubig. „Ich war schon hier, als das Herrenhaus noch der GST gehörte und hier Jungen und Mädchen das Segeln lernten." „GST? Was ist das denn?" „Die GST, war damals in der DDR die Gesellschaft für Sport und Technik. Das war was Paramilitärisches. Da wurden die Jugendlichen in verschiedenen technischen Sportarten, wie Schießen, Tauchen oder Segelfliegen und eben im Segeln ausgebildet." „Das hört sich ja spannend an. Gibt es sowas heute auch noch?", wollte Clara wissen „Ne, Gott sei Dank ist das vorbei.", bekam sie von Dora zur Antwort. „Die haben sich damals selbst als sozialistische Wehrorganisation der DDR bezeichnet. Da war der Name Programm." „Du meinst die haben da Kindersoldaten ausgebildet?" „Das nicht, aber sie haben die Kinder auf den Militärdienst vorbereitet." „War das hier dann eine Kaserne." „Nein, so kann man das nicht sagen. Eher ein Ferienheim. Hier konnten bis zu 200 Kinder wohnen. Und es gab viel mehr Boote und Steganlagen am See." „Aha.", meinte Johannes. „Und das Bootshaus und das Boot sind noch Überbleibsel?" „Ja genau." „Ich kann mir gar nicht vorstellen, dass hier so viele Menschen wohnen konnten?" „Es sah hier früher ganz anders aus. Die GST hatte in den Etagen große Schlafsäle einbauen lassen. Und der Remter war wirklich der Speisesaal. Und oben auf dem Turm war eine große Signallaterne und ein Flaggenmast. Da haben die Jungen und Mädchen Flaggen- und Lichtsignale erlernt. In dem Flügel, in dem wir jetzt wohnen, waren die Lehrkräfte untergebracht. Nur der Keller, also da wo wir jetzt sind, sah so ähnlich aus wie heute." „Ach so, verstehe. Und Artus hat das alles dann komplett umgestalten lassen." Dora lächelte, dann winkte sie ab. „Ja das waren wilde Zeiten damals. Der Freiherr hat das Haus direkt nach der Wende 1990 gekauft. Es war in keinem guten Zustand. Die Küche war eine einzige Katastrophe. Der Herd wurde noch mit Kohle befeuert und eine Zentralheizung gab es auch nicht. Überall wurde mit Holz und Kohle geheizt. Von außen sah das Haus ganz gut aus, aber innen war während der ganzen Zeit, also ich glaube seit Mitte der 50ger Jahre nur das allernötigste gemacht worden." „Und dann hat Artus beschlossen das alles so zu gestalten, wie es jetzt aussieht?" „So ist es. Eines Tages kamen hier Busse an. Und drin waren lauter kleine Chinesen." „Wirklich Chinesen?", wollte Clara wissen. „Wenn ich es doch sage. Die haben dann im Herrenhaus gewohnt. Und die haben auch alles umgebaut. Es hat ständig nach chinesischem Essen gestunken. Die haben Monate lang auf der Baustelle gewohnt. Bis auf die Außenmauern und die Decken war alles herausgerissen. Ich musste auch ausziehen, da auch unser Flügel und die Küche renoviert wurden. Zu dieser Zeit wurde dann diese Küche hier eingebaut. Sie ist viel, viel schöner als die alte." „Und diese Salons im Erdgeschoss? Was ist mit denen?", wollte Clara wissen. Dora antwortete, „Die ganzen Sachen waren in einem großen Lagerhaus im Westen, also in Westdeutschland eingelagert. Artus hat mit einem Architekten, auch so ein Chinese, alle Räume neu geplant und seine Leute haben dann später alles eingebaut. Als ich dann wieder kam, war fast alles fertig. Nur noch die Außenanlagen, der Garten und so, waren noch nicht fertig. Toni hat sich dann dort verwirklicht." „Warum hat Artus denn Chinesen beschäftigt?" „Das kann ich euch beim besten Willen nicht beantworten. Da müsst ihr ihn selbst fragen." „Dann sah das früher hier ja wirklich völlig anders aus?", stellte Johannes fest und schob sich noch einen Bissen in den Mund. „Das stimmt. Warte einmal ich hol schnell eine alte Fotografie." Dora stand auf, nur um kurz darauf mit einem kleinen Karton wieder zurückzukommen.

„Schau mal hier, so sah das Haus früher einmal aus." Clara rief erstaunt. „Das ist ja noch in schwarz-weiß!" Dora lächelte. „Das ist ja auch schon über 60 Jahre her. Natürlich hat das hier ganz anders ausgesehen das habe ich euch doch gesagt." Sie deutete mit dem Finger auf die Fotografie „Seht ihr da sind die ganzen Steganlagen mit den vielen Booten davor." „Interessant. Darf ich mal sehen?" Dora gab Johannes die Fotografie. „Was sind das für komische kleine Kamine, die vorne und hinten an der Dachrinne entlanglaufen?", wollte Johannes wissen, nachdem er sich das Bild eine Weile lang angesehen hatte. „Die gibt es heute nicht mehr." „Welche?", „Na diese Dinger hier." „Ach so, ja die. Das Haus hatte früher keine Zentralheizung, so wie heute. In allen Räumen waren offene Kamine zum Heizen. Das waren die Schornsteine. Für jeden Kamin gab es einen. Die sind mit dem Umbau auch verschwunden. Nicht ganz dachte Johannes und warf Clara einen vorsichtigen Blick zu, die sicher ahnte, was ihr Vater gerade dachte. Eine Weile lang unterhielten sie sich noch darüber, wie es früher hier einmal war und Dora gab lustige Gegebenheiten aus der alten Zeit zum Besten. Nicht lange darauf, waren sie wieder in ihre Wohnung gegangen, nicht ohne sich noch einmal für das leckere Essen bei Dora zu bedanken.

Kaum hatten sie die Wohnungstür hinter sich zu gemacht, platzte es förmlich aus Clara heraus. „Jetzt wissen wir, wie das alles entstanden ist. Artus hat in die alten Kamine einfach kleine Fahrstühle einbauen lassen. Ist ja irre. Aber was sollte das mit den Chinesen. Ist es denn billiger, Arbeiter aus China kommen zu lassen, damit sie hier dann das Haus renovieren. Die Flüge kosten doch auch einen Haufen Geld, oder nicht?" Johannes überlegte einen Moment und antwortete dann. „Artus hat doch genug Geld. Ich glaube nicht, dass er die Arbeiter aus China hat einfliegen lassen, um Geld zu sparen. Ich vermute eher, dass es ihm um die Geheimhaltung ging. Selbst wenn die chinesischen Arbeiter sich gefragt haben sollten, wofür diese kleinen Fahrstühle und die kleinen Zimmer, zu denen sie führten, gut sein sollten, sind sie weit, weit weg. Und wem sollten sie es erzählen, wen würde das in China interessieren?" „Da hast du natürlich Recht. Das ist eine gute Erklärung."

Claras Handy klingelte. „Oh, es ist Clemens." Ihr Gesicht leuchtete. „Ja?" „Ich frag mal." Sie nahm das Handy vom Ohr. „Paps, darf ich noch ein bisschen zu Clemens?" Johannes verzog ein wenig unwillig das Gesicht. „Ich habe jetzt keine Lust mehr nach Warnitz zu fahren." „Musst du nicht, ich werde abgeholt?" „Von wem, von Paula?" Nun leuchtete sein Gesicht ein wenig. „Nein, von Clemens." „Aber der darf doch noch gar nicht fahren?" „Ein Auto nicht, aber sein Moped schon. „Johannes nickte ein

wenig resigniert und meinte dann. „Ok, wann kommt er denn?" „Steht schon vorne am Tor." Noch bevor er sie fragen konnte, wieso er denn schon da sei, wedelte sie nur mit dem Smartphone in Ihrer Hand. „Und wann bist du wieder hier?" „Vor Mitternacht." rief sie laut aus dem Flur." „Hey, das ist mein Spruch." Doch das hörte sie schon nicht mehr, denn die Tür war bereits ins Schloss gefallen. Etwas später hatte Johannes es sich mit einer Flasche Bier vor dem Fernseher bequem gemacht und zappte durch die Programme. Doch es kam nichts was ihn interessierte. Seine Gedanken wanderten zu der alten Fotografie, die Dora ihnen gezeigt hatte. Welche Geheimnisse mochte das Gebäude wohl noch haben? Da fiel ihm wieder ein, was Artus über den indischen Salon gesagt hatte. Irgendetwas mit den Ohren des Buddha.
Vielleicht, dachte er, stand auf und verließ die Wohnung. Wie schon als er mit Clara den Mechanismus im afrikanischen Salon entdeckt hatte, schlich er, ohne das geringste Geräusch zu machen, bis zum indischen Zimmer. Er schlüpfte hinein und lauschte. Nichts zu hören. Dort befand sich der Buddha, eine fast lebensgroße sitzende Figur. Lächelnd, im Schneidersitz die Hände im Schoß übereinandergelegt, in seiner Versteinerung erstarrt, blickte er friedvoll in den Raum vor sich. Erst jetzt fielen Johannes die großen Ohrläppchen der Figur auf. Er erinnerte sich, dass er einmal gelesen hatte, dass sie eine symbolische Bedeutung hatten und dafürstanden, dass Buddha in den Tagen da er reich war, viel Schmuck trug. Und das auch an den Ohren. Dadurch waren sie verlängert dargestellt. Er untersuchte nun diese Ohren beiderseits. Doch nichts war zu finden. Sie ließen sich nicht drehen, man konnte auch nicht an ihnen ziehen, oder drücken. Es waren einfach Ohren aus

Stein, die der Bildhauer mitsamt dem dazugehörigen Kopf aus einem Stück dieses grünlichen Steins geschlagen hatte, aus dem die ganze Figur bestand. Enttäuscht ließ er sich in einen der alten Sessel fallen, die um den kleinen Tisch in der Mitte des Zimmers standen. Er grübelte noch eine Weile, doch ihm fiel nichts ein. Es gab keine weitere Buddha Statue im Raum und so entschloss er sich eine Weile später, wieder in seine Wohnung zu gehen. Clara war noch nicht da. Er schenkte sich den Rest seines Bieres ein und setzte sich in den alten Ohrensessel, den er von seinem Großvater geerbt hatte. Da traf ihn die Erkenntnis wie ein Blitzschlag. Die Sessel im indischen Zimmer, waren doch ganz ähnlich. Freilich viel prunkvoller, mit geschnitzten Verzierungen und vergoldet. Aber eines hatten sie genauso wie der alte Sessel seines Großvaters, nämlich Ohren. Bald darauf schloss er zum zweiten Mal an diesem Tag die Türe zum indischen Zimmer leise hinter sich. Vier dieser Sessel gab es. Er versuchte die Ohren zu bewegen, fuhr mit den Fingern darüber und versuchte etwas zu ertasten, das dort nicht hingehörte. Nichts. Der nächste Sessel erbrachte auch nichts. Der dritte Sessel war genau so unauffällig wie die anderen. Doch was war das. Die Ohren waren von innen mit einem roten Leder beschlagen. Dazu hatte der Sattler große goldfarbene Nägel in kurzem Abstand nebeneinander durch das Leder ins Holz getrieben. Einer dieser Nägel stand etwas weiter heraus als die anderen. Er drückte darauf und tatsächlich bewegte er sich. Er horchte, doch nichts geschah. Er drückte noch einmal darauf. Wieder nichts. Hm, und jetzt? Auf dem gegenüberliegenden Ohr befand sich ebenfalls ein Beschlagnagel, der etwas weiter herausstand. Dieser ließ sich ebenfalls eindrücken, doch wie zuvor geschah nichts. Vielleicht muss ich beide gleichzeitig drücken, dachte Johannes und noch bevor er den Gedanken zu Ende gedacht hatte, hatte er simultan auf die Nägel gedrückt. Ein Klicken, ein Surren und das riesige, mannshohe Gemälde eines Radjas, welches beinahe bis zum Fußboden reichte, glitt zur Seite. Johannes hielt die Luft an. Dahinter tat sich wieder die Öffnung einer Fahrstuhlkabine auf. Er wusste was zu tun war, trat ein und drückte den Knopf. Oben angekommen, erwartete ihn ein ähnliches Bild wie zuvor. Ein einfach tapezierter Raum mit Parkettboden. Aber anders als beim ersten Mal, gab es hier keine Figur, sondern eine kleine Kommode. Auch hier entdeckte er ein kleines Schildchen, das Aufschluss darüber gab, um was es sich hier handelte.

Marketerie Kommode, Louis XV, gestempelt R. Bois (Maître im Jahr 1755) mit Großmogul.

Die kleine Kommode war mit Intarsien aus verschiedensten Materialen belegt. Perlmutt, verschiedene Hölzer, Gold und so wie es aussah auch verschieden farbiges Glas. Die Kommode stand auf dünnen Beinchen, die in goldenen Füßen endeten. Ein kleiner Lichtschalter neben der Kommode der mit -Ein- und -Aus- beschriftet war erregte Johannes Aufmerksamkeit. Er betätigte den Schalter und im inneren der Kommode ging eine Beleuchtung an, die sanft ihr Licht durch die verschieden farbigen Gläser warf. Hübsch, dachte Johannes und schaltete das Licht wieder aus.

Eine Kommode? Johannes betastete das Möbel. Zweifellos ein besonderes Möbelstück. Aber so besonders, dass es hier versteckt werden muss? Vorsichtig schlich Johannes zurück zur Wohnung. Clara war in der Zwischenzeit zurückgekommen und erwartete ihn.

Marketeriekommode

„Wo warst du?", fragte sie in einem Ton, den eigentlich sie von ihrem Vater kannte. „Ich, als selbstbestimmter und vor allem erwachsener Mann und Vater überlege gerade ob ich dir, wirtschaftlich und sozial abhängiger Schutzbefohlener meiner Wenigkeit, diese Frage überhaupt beantworten muss." „Och Paps, manchmal bist du echt ein Pascha." Johannes verschränkte gespielt eingeschnappt die Arme vor der Brust und blickte ebenfalls gespielt beleidigt auf die Seite. „Komm schon.", drängte Clara nun in etwas versöhnlicherem Ton. „Ph", machte Johannes, grinste aber. „Büttee.", kam es jetzt von Clara, der klar geworden war, dass ihr Vater sicherlich etwas Interessantes mitzuteilen hatte, sonst würde er sich nicht so bitten lassen. „Das reicht mir nicht, du musst mehr betteln, sonst wird das nichts." „Liebster, bester Paps, bitte, bitte sag deiner liebsten und vor allen Dingen bravsten Tochter von allen, wo du warst." „Erstens bist du die einzige Tochter, da ist es wirklich keine Leistung die Liebste zu sein und ob du brav bist, kann ich nicht beurteilen. Da fällt mir ein, wie war es mit Clemens? Hattest du überhaupt einen Helm auf?" Clara rollte mit den Augen. „Lenk nicht ab Paps." „Ich lenke nicht ab, ich will wissen, ob du einen Helm aufhattest." „Ja, hatte ich! Clemens hat einen für mich mitgebracht und du lenkst sehr wohl ab." Mit einem Seufzer ergab er sich Claras Drängen. „Das glaubst du nie!" Pause-. „Was glaube ich nie?" „Was ich entdeckt habe." - Pause-. Clara atmete genervt und Johannes genoss sichtlich die Ungeduld seiner Tochter. „Ich habe den Mechanismus zu einem weiteren Fahrstuhl gefunden." Claras Augen wurden groß. „In welchem Zimmer?" „Im Indischen!" „Und was ist drin?" „Ne alte Kommode." „Ist sie wertvoll?" „Ne, von Ikea.", sagte er und konnte ein Lachen kaum unterdrücken. „Paps, also echt. Manchmal bist du." „Doof!", beendete er den Satz. „Ich weiß. Ich nehme aber schon an, dass das Ding was wert ist. Sonst hätte es Artus nicht dort versteckt. Wie viel, kann ich natürlich nicht sagen." „Kann ich sie sehen?" „Warum nicht? Aber heute nicht mehr." „Warum?" fragte Clara, „Hast du noch etwas vor?" „Nein, das nicht.", bekam sie zur Antwort. Im gleichen Moment deutete Johannes zum Fenster. „Es ist dunkel draußen. Da werden wir da oben nicht mehr viel sehen. Und wenn jemand von außen sieht, dass wir dort Licht machen, vielleicht mit einer Taschenlampe herumwedeln, wie in so einem Spionagefilm oder so, sind wir schneller aufgeflogen, als wir -piep- sagen können." „Hmm, verstehe." „Also morgen dann, nach dem Frühstück?" „Vielleicht besser sogar vor dem Frühstück. Wenn die anderen noch schlafen, dann ist die Gefahr geringer, dass man uns erwischt."

Wie schon am Tag zuvor kam Clara früh am Morgen zu Johannes. Dieses Mal klopfte sie aber zuerst an, bevor sie die Tür aufriss. „Guten Morgen Paps!", schmetterte sie Johannes entgegen, der seinen Kopf unter dem Kissen begrub. Gedämpft kam es darunter hervor. „Was hat die Katze jetzt wieder gemacht?" „Gar nichts, aber wir wollten doch in den Indischen Salon, oder?" Johannes grunzte und wälzte sich aus dem Bett. „Wenn du mir einen Kaffee machst, dann gehe ich ins Bad."

Keine dreißig Minuten später standen sie wieder vor dem sitzenden Buddha und Johannes sah zu wie Clara dessen Ohren inspizierte. „Und hast du was gefunden?" „Nö, das Ding ist massiv." „Genau, es sind nämlich die Ohren der Sessel und nicht die der Figur, schau mal hier." Johannes drückte auf die beiden kleinen Nägel und setzte damit den Mechanismus in Gang. Das Bild schwang zur Seite und gab die Tür zum Fahrstuhl frei.

Kurz darauf standen sie vor der kleinen Kommode. „Die sieht ja echt altmodisch aus, wer stellt sich denn so etwas in seine Wohnung?" „Zum Beispiel Ludwig der 15." „Das war doch so ein alter Franzosenkönig, oder?" „Genau der. Das war eben damals der Geschmack der Zeit.", meinte Johannes. „Hier steht was auf dem Schildchen.", sagte Clara und zog ihr Handy hervor. „Was machst du?" „Na ich schau nach, was so ein Ding wert ist." „Und?", wollte er nach einer Weile wissen. „Schau mal die hier sieht so ähnlich aus und soll 54.800 Euro kosten." „Nicht schlecht." „Allerdings, das finde ich auch."

Plötzlich hielt Clara abrupt inne. Eine Stimme füllte den kleinen Raum aus. „Sehen wir was wir hier alles haben. Dieser ganze Plunder, diese grässliche Statue und diese kitschigen Möbel." Johannes und Clara standen wie erstarrt da und sahen sich ängstlich an. Johannes legte seinen Finger auf den

Mund, um Clara zu bedeuten, dass sie nichts sagen sollte, als eine andere Stimme hinzufügte, „Das ist zwar nicht gerade der letzte Schrei, aber ich glaube schon, dass das Zeug was wert ist." Johannes versuchte die Quelle der Stimmen zu lokalisieren und deutete kurz drauf an die Decke, wo er einen kleinen Lautsprecher ausmachen konnte. Er deutete darauf, Clara immer noch bedeutend, dass sie keinen Laut von sich geben sollte, wusste er ja nicht, ob man sie ebenfalls hören konnte. „Dieses scheußliche Riesengemälde mit diesem Indischen Radja mag ja etwas wert sein, aber wer sollte denn so etwas kaufen?" Johannes hatte die Stimmen erkannt. Das war Susanna die da gesprochen hatte und die andere Stimme, die zu einem Mann gehörte, war Mike der Chauffeur." „Vielleicht ein Museum, oder wir geben es in eine Versteigerung." „Oder wir stellen alles in Ebay ein, wenn dieser blöde alte Trottel endlich verreckt ist." Das war wieder Susanna gewesen. Und sie fuhr fort. „Am liebsten würde ich ja nachhelfen. Aber ich muss aufpassen. Dieser neue Verwalter hat beim letzten Mal, als der Alte fast einen Herzkasper bekommen hat, und ich einfach weg gegangen bin, schon so blöde Fragen gestellt. Es darf auf keinen Fall der kleinste Verdacht auf mich fallen, sonst kann ich das Erbe vergessen." Ein heiseres Lachen drang aus dem Lautsprecher Dieses Mal kam es von Mike. „Wohl wahr, ich habe noch nie gehört, dass eine Mörderin etwas erbt." Clara bekam bei diesen Worten große Augen. „Ach halte die Klappe. Lass uns lieber überlegen, was wir hier schnell zu Geld machen können." „Das sehe ich nicht viel. Dieser indische Kram ist zu speziell. Lasse uns lieber im nächsten Raum nachsehen." Kurz darauf glaubte Johannes das Geräusch einer ins Schloss fallenden Türe zu hören. Eine Weile standen Clara und Johannes noch mit angehaltenem Atem da, bis Johannes flüsterte. „Ich glaube, sie sind weg." „Ein Glück, das die Tür vom Fahrstuhl zugeht und ganz offensichtlich auch das Bild zurückschwingt, wenn man hier herauffährt." „Aber ich habe mich fürchterlich erschrocken, als ich Susannas Stimme gehört habe." „Mir ist auch beinahe das Herz in die Hose gerutscht.", sagte Johannes. „Wir sollten noch eine Weile warten, bis wir runterfahren, nicht dass uns diese beiden Erbschleicher über den Weg laufen." „Meinst du sie hätten uns hören können, so wie wir sie?" „Keine Ahnung, aber das können wir ausprobieren. Ich fahre alleine runter, dann sagen wir beide was und werden feststellen, ob wir uns gegenseitig hören können. Ich glaube aber, dieser Lautsprecher soll denjenigen, der hier oben ist, davor warnen, dass unten jemand den Raum betreten hat, damit er nicht überrascht wird." „Ganz schön clever."

Vierzig Minuten später saßen die beiden beim sonntäglichen Frühstück. „Noch etwas Kaffee?" „Ja gerne Paps. Sag mal, was machen wir denn jetzt? Diese fiese Susi, die immer in schwarz herumläuft, als wäre ihr Großvater bereits ein Trauerfall, muss doch gestoppt werden." Johannes biss in ein Brötchen und nickte. „Da hast du Recht. Es gibt da aber ein Problem. Wenn ich Artus sagen wir einmal erzähle, dass wir, oder besser gesagt, dass ich einen Verdacht in dieser Richtung habe und er Susanna zur Rede stellt, wird sie sicher alles abstreiten. Wie kann ich das beweisen?" „Nichts leichter als das, lieber Paps!", meinte Clara grinsend und zog ihr Handy aus der Tasche und legte es vor Johannes auf den Tisch. Johannes zuckte fragend die Schultern und sah seine Tochter dabei an. „Und, was soll mir das jetzt sagen?" Clara wischte auf dem Telefon herum und plötzlich war wieder Mikes

Stimme zu hören. „Vielleicht ein Museum, oder wir geben es in eine Versteigerung. Oder wir stellen alles in Ebay ein, wenn dieser blöde alte Trottel endlich verreckt ist. Am liebsten würde ich ja nachhelfen. Aber ich muss aufpassen. Dieser neue Verwalter hat beim letzten Mal, als der Alte fast einen Herzkasper bekommen hat, und ich einfach weg gegangen bin schon so blöde Fragen gestellt. Es darf auf keinen Fall der kleinste Verdacht auf mich fallen, sonst kann ich das Erbe vergessen." Clara tippte auf das Telefon und Susannas Stimme erstarb. „Ich habe das Diktiergerät auf meinem Handy eingeschaltet. Es ist noch mehr drauf. Hab alles aufgezeichnet bis sie den Raum verlassen haben. Schlau nicht?" „In der Tat, liebes Töchterlein, sehr schlau. Aber im Moment hilft uns das auch nicht weiter." „Und warum nicht? Wir spielen Artus einfach die Aufnahme vor." „Und wie willst du erklären, woher wir diese Aufnahme haben? Artus soll ja nicht wissen, dass wir herumschnüffeln und schon so ein paar Geheimnisse gelüftet haben." Clara schwieg und verzog das Gesicht. Dann hellte es sich wieder auf. „Und wenn ich es auf einen Stick ziehe und wir Artus die Aufnahme anonym zukommen lassen?" „Das wäre sicher besser. Dennoch würde Susi sich vielleicht erinnern, wann sie das gesagt hat, wenn der Freiherr sie mit der Aufnahme konfrontiert. Dann wüsste sie das sie aus dem indischen Salon heraus abgehört wurde und würde eventuell versuchen herauszufinden, wie das vor sich gegangen ist." „Was würdest du dann machen Paps?" „Weiß ich auch noch nicht. Darüber muss ich erst nachdenken."

Kapitel 7

Manches Mal kommt Hilfe dann aber aus einer ganz anderen Richtung, dachte Johannes einen Tag später bei sich und sah Toni hinterher. Der hatte ihn aufgesucht und ihm gesagt, dass er Susanna dabei beobachtet hätte, wie sie mit einem Gemälde, das in einer der Suiten hing, aus eben dieser herausgekommen ist. Sie hätte ihn nicht gesehen und als sie die Treppe hinunter gegangen war, hat er in dem Zimmer nachgesehen, um sich zu vergewissern, dass er sich nicht getäuscht hatte. Aus eben diesem Zimmer, das ja zur Portalseite hin liegt, hat er dann aus dem Fenster gesehen und Susanna dabei beobachtet, wie sie das Bild in ihr Auto geladen hat und weggefahren ist. Sie hatten besprochen, dass er, Johannes, Artus fragen würde, ob dieser etwas davon wisse. Dann würde man ja sehen. Damit war Toni zufrieden gewesen. Er hatte Johannes noch freundschaftlich auf die Schulter geklopft und war dann gegangen. Jetzt habe ich doch den schwarzen Peter.

Johannes saß gerade an seinem Schreibtisch und verglich einige Angebote, als er fürchterlich erschrak. Mit einem nervigen Piepsen hatte sich sein Handy gemeldet. Er hatte eine App darauf installiert, die ihm mitgeteilt hatte, dass ein Hausalarm ausgelöst worden war. -Heizanlage ausgefallen- stand da auf seinem Display Er sprang auf, lief hinüber in den Hauptflügel und die Treppe hinunter, um in den Raum zu gelangen, indem sich die Zentrale der Gebäudeleittechnik befand. Von dort aus wurden die gesamten technischen Anlagen von einem zentralen Rechner überwacht. Als er den Raum betrat konnte er seinen Augen nicht trauen. Da saß doch, mit ihrem Hinterteil quer über der

Tastatur, Basted. Als sie ihn bemerkte dreht sie ihm nur ihren Kopf zu und schwang völlig gelassen, als ob sie das alles nichts anginge ihren Schwanz. „Hau bloß ab Basted! Was fällt dir eigentlich ein!" Begleitet von einem beleidigten Maunzer, erhob sie sich, hüpfte herunter und tippelte gelassen an ihm vorbei aus dem Zimmer. Katzen, dachte er, setzte sich und quittierte den Alarm. Natürlich hatte es keine Störung gegeben, sondern der Alarm war einzig durch die Katze ausgelöst worden. Da fiel Johannes wieder ein, dass er ja mit Artus über eine Alarmanlage für die Kunstgegenstände sprechen wollte. Als Aufhänger könnte das fehlende Bild aus der Gästesuite dienen. Johannes lächelte hinterlistig.

Einen Termin bei Artus würde er nicht benötigen. So hatten sie es ausgemacht. Er konnte, wann immer es notwendig war, den Freiherrn aufsuchen. Dieser saß, wenn es ihm gut genug ging, in seinem Rollstuhl entweder an seinem Schreibtisch, um zu arbeiten, oder aber er befand sich entweder auf dem Balkon vor dem Arbeitszimmer, oder er sah aus dem Fenster auf den See hinaus. Heute schien die Sonne, es war warm und Artus war draußen und nippte an einem Kaffee, als Johannes zu ihm kam. „Ah Johannes, setzen sie sich. Möchten sie auch einen Kaffee? Bedienen sie sich. Eine saubere Tasse müsste noch dort hinten auf dem Tischchen stehen. Was gibt es denn?" Nachdem sich Johannes einen Kaffee eingeschenkt und neben Artus gesetzt hatte, erzählte er diesem von dem fehlenden Bild. „Welche Suite, sagten sie?"

„Es ist die ganz hinten links, mit der grünen Ausstattung. „Ach ja, das." Er schien sich das Bild mit geschlossenen Augen in Erinnerung zu rufen. „Das ist ein schönes Stück. Johann Georg von Dillis. Vögel über italienischer Landschaft, aus dem Jahre

1759. Münchner Schule." Als ob das alles sagte, schwieg der alte Mann einen Moment lang. Einen Augenblick später blickte er in Johannes Gesicht und lächelte amüsiert. Und als ob er dessen Gedanken lesen konnte, sagte er. „Machen sie sich bitte keine Sorgen. Es wird mich nicht an den Rand der Armut bringen. Das Bild würde auf einer Versteigerung heute vielleicht vier bis fünftausend bringen. Da sie es aber schnell loswerden will, bekommt sie nicht mehr als dreitausend." Dreitausend Euro ist aber trotzdem eine Menge Geld, dachte Johannes noch, als ihm bewusst wurde, was Artus da gerade gesagt hatte. „Sie meinen.", begann er und zögerte. „Ich meine nicht, ich weiß, dass Susi, das Bild genommen hat." „Aber woher wissen sie?" Der Alte unterbrach ihn freundlich lächelnd. „Toni war schon hier und hat es mir gesagt." Johannes schluckte und wusste in diesem Augenblick nicht so recht was er sagen sollte. „Haben sie eventuell einen Vorschlag, mit dem wir verhindern können, dass diese Plünderungen weitergehen, ohne dass ich Susi, sagen wir einmal, brüskiere und dass sie oder Toni am Ende als Petze dastehen?" Er lächelte weiter dieses wohlmeinende Lächeln. „Nun ja.", begann Johannes. „Wenn wir die Kunstwerke gegen ein, ich nenne es jetzt einmal, unbefugtes Abnehmen von der Wand, mit einem Alarm sichern und nur zum Beispiel ich, oder sie die Alarmanlage scharf, oder unscharf schalten könnten, dann wäre es sehr viel schwieriger, etwas verschwinden zu lassen. Es gibt recht günstige Lösungen, die mit Funksignalen arbeiten und eine aufwändige Verkabelung unnötig machen." „Das ist eine schöne Idee. Finden sie heraus, was das für die wertvollsten Bilder kosten wird." Jetzt grinste er breit und zwinkerte Johannes zu. „Ich werde Susi bitten ihnen eine Liste die ich fortlaufend parafiere, damit nichts -verloren- geht, zu diesem Zweck zukommen zu lassen." Artus blickte wieder auf den See hinaus und nippte an seinem Kaffee. „Schön, diese Aussicht, nicht wahr?" „Ja, da kann ich ihnen nur beipflichten." Wie weit sind sie eigentlich inzwischen mit dem Boot gekommen?" „Das macht Fortschritte. Wir, das heißt Clara und ich haben den Rumpf entkernt und bis auf das Metall abgeschliffen. Jetzt steht es bei der kleinen Bootswerft in Warnitz. Dort werden die Rostlöcher beseitigt. Danach können wir es lackieren und die beschädigten Holzteile ersetzen. Dann dauert es nicht mehr lange und wir können das Boot wieder zu Wasser lassen." „Ist das die Werft, die von dieser schönen Frau mit dem Lockenkopf geführt wird? Wie heißt sie noch mal, so ein amerikanischer Name, nicht wahr?" Aha, prima informiert der alte Knabe dachte Johannes, sagte aber. „Jackson heißt sie, Paula Jackson." „Ah ja richtig. Sie ist soweit ich weiß, noch zu haben.", sagte Artus und sah Johannes dabei forschend an.

Tags darauf hatte es ein Donnerwetter gegeben, als Artus Susi den Auftrag zur Erstellung der Liste mit den Kunstwerken für Johannes erteilt hatte. Das hatte Dora berichtet, die just in diesem Augenblick ein Tablett mit Gebäck für Artus aufgetragen hatte. Der Freiherr hätte Susi zunächst mit dem verschwundenen Gemälde aus der grünen Suite konfrontiert, worauf diese stotternd gemeint hätte, dass das Bild beschädigt gewesen sei und sie es zur Reparatur gebracht hätte. Artus hätte sich darüber gefreut und gemeint sie solle ihm das Bild zeigen, wenn es fertig sei und den entsprechenden Bericht des Restaurators gleich mit dazu. Dora meinte der Alte hätte wohl gemerkt, dass Susi nicht die Wahrheit gesagt hätte und sie nur mitleidig angelächelt, als er ihr mitteilte das sie eine Liste von Kunstgegenständen und Gemälden, die alarmgesichert werden sollten, damit sie nicht unbefugt abgehängt, oder entwendet werden können, anfertigen soll. Da ist sie dann geplatzt. Sie hat ihren Großvater angeschrien, ob er noch alle Tassen im Schrank habe, ob er sie verdächtigen würde, etwas stehlen zu wollen und dass sie den ganzen alten Plunder ohnehin hässlich fände. Daraufhin hätte sie der Alte rausgeschmissen.

Als Susanna dann schließlich mit der Liste zu Johannes kam, warf sie sie vor ihn auf seinen Schreibtisch und meinte nur: „Das soll ich ihnen geben." „Danke Frau von Würmelshausen.", bekam sie freundlich zur Antwort. Sie drehte sich aber nur kommentarlos um und stapfte aus Johannes Büro. Als er die Liste betrachtete fiel ihm auf, dass einige der Gegenstände, die Susanna aufgeschrieben hatte von Artus wieder gestrichen worden waren. Das ist ja interessant. Mal sehen was er alles gestrichen hat. Er saß noch über der Liste, als Clara in sein Büro kam. „Hallo Paps!", sagte sie. „Na, wie war es in der
Schule?" „Ging so, haben Mathe zurückgekriegt." „Und?" „Ne eins minus." Ohne aufzusehen, brummte Johannes nur „Das ist gut." „Nein Paps. Eine zwei ist gut und eine eins ist sehr gut.", sagte sie ein wenig eingeschnappt, da ihr Vater ihre Leistung offensichtlich nicht ausreichend würdigte. „Was machst du da eigentlich?" Johannes blickte auf. „Was?" „Was du da machst, habe ich gefragt." Johannes grinste und sagte „Mach mal die Tür zu, dann zeige ich dir was." Nachdem Clara die Türe geschlossen hatte, zog sie sich einen Stuhl heran und setzte sich zu ihm. „Das ist die Liste, mit den Gegenständen, die gegen unbefugtes Entwenden

gesichert werden sollen." „Na und?" „Schau mal, die roten Striche hier hat Artus gemacht. Was durchgestrichen ist, soll wohl doch nicht alarmgesichert werden." Clara überflog sie Liste. „Und? Fällt dir was auf?", wollte Johannes wissen." Sie grinste, sah ihn an und sagte „Er hat den Krieger mit dem Speer aus dem afrikanischen Zimmer gestrichen." „Genau, den König von Buganda." „Was ist mit den Stühlen aus dem indischen Salon?" Johannes blätterte weiter. „Die stehen gar nicht erst drauf. Sie sind entweder nicht so viel wert, oder aber Artus ist der Meinung, dass Susanna die Dinger nicht verscherbeln würde, weil sie nicht glaubt, etwas dafür zu bekommen." „Wie dem auch sei. Er hat nur Dinge aus den exotischen Salons gestrichen." „Tatsächlich.", stellte Clara fest. „Hier im chinesischen Zimmer ist es ein Seidengemälde, Ming Dynastie, Chinesische Seidenmalerei, lange Schriftrolle, aufgespannt. Fein bemalte architektonische Landschaft. Hoffiguren, Geschichte vom Imperial Edikt.", las sie vor. „Ich erinnere mich, glaube ich an das Bild. Das ist das ganz lange, das vom Boden bis fast zur Decke reicht.", meinte Johannes. „Und da ist noch was. Zweitüriger, chinesischer Hochzeitsschrank, Drachenschnitzerei Shanxi. Und hier, hier ist was aus dem Rittersaal. -Rapier um 1580 aus den spanischen Niederlanden. Massives eisengeschnittenes Gefäß, terzseitig mit zwei großen Ringen zum Schutze des Handrückens, quartseitig drei Bügel, um die Finger zu schützen. Parier Stange, Parierringe, Knauf und der Hauptbügel sind aufwendig durchbrochen und schön ausgearbeitet. Komplexe, zeitgenössische Originalgriffwicklung mit Türkenbünden. Die zweischneidige Rapier Klinge besitzt beidseitig eingeschlagene Schmiedemarken, sowie den Namen des Schmiedes Fernandez. Gefäß original vernietet!" „Aha.", meinte Clara, ich verstehe nur Bahnhof." „Rapier ist Französisch. Auf Deutsch nennt man so etwas einen Degen, liebes Töchterlein. Und das ist bekanntlich ja eine Hieb- und Stichwaffe.", sagte er gönnerhaft und blickte seine Tochter dabei ein wenig von oben herab an. „Paps, manchmal bist du so ein Klugscheißer." Konsterniert blickte Johannes seine Tochter an und schüttelte den Kopf. „Erstens, solltest du nicht so etwas zu deinem Erzeuger sagen, da du dann mit massiven Vergeltungsmaßnahmen in Form von radikalen Taschengeldstreichungen rechnen musst. Ich will aber gnädig sein, du darfst dich bei mir umfassend entschuldigen. Und zweitens bin ich kein Klugscheißer, sondern scheißklug." Ein wenig errötend kam kleinlaut von Clara ein piepsiges „Entschuldigung, lieber Paps" „Schon gut, deine schlechte Erziehung hast du ja schließlich von mir." Jetzt grinste Clara wieder und meinte „Na ja, besser eine schlechte als gar keine, oder? Was ist denn sonst noch gestrichen?" „Mal sehen", sagte Johannes und fuhr mit dem Finger die Liste entlang. „Hier ist noch etwas aus dem Zimmer mit dem Zelt.", sagte er und las vor. „Verzinnte Kupfer Deckel Schale aus dem Median-Imperium in Persien auf Mosaikbeistelltisch mit Arabesken verziert." Sie sahen sich an und nickten sich in stillem Verstehen zu. „Du meinst also auch, dass das Hinweise sein könnten?", fragte Clara. „Könnte sein. Wir schauen einfach mal, ob wir etwas herausfinden können." In diesem Augenblick sprang Basted auf den Tisch und latschte über die Liste. Johannes wollte gerade zu einer Schimpftirade anheben, da hob Clara nur die Hand und meinte, „Sag nichts, es ist einfach nur eine Katze. Die machen eben was sie wollen." Und an Basted gewandt fügte sie hinzu. „Runter, los verschwinde vom Tisch." Gelangweilt blieb das Tier

stehen, streckte genüsslich eines ihrer Hinterbeine aus, als ob sie eine Dehnübung machte und hüpfte dann elegant auf den Boden, nur um im nächsten Augenblick wieder verschwunden zu sein. Johannes schüttelte mit resignierter Miene den Kopf. „Weißt du was dein Katzenvieh letzthin gemacht hat? Sie hat einen Alarm ausgelöst, indem sie sich mit ihrem fetten Hintern auf die Tastatur des Zentralrechners für die Gebäudetechnik gesetzt hat." Clara konnte ein Lachen kaum unterdrücken, rief ihrer Katze aber hinterher, „Böse Basted, dass du mir so etwas ja nie mehr tust, hörst du?" „Das Vieh ist doch schon weg und deine Ermahnungen sind genau so erfolgreich wie meine, dass du dein Zimmer aufräumen sollst." „Paps das ist echt langweilig. Immer das Gleiche." „Schade, dass es so gar nichts hilft." Er atmete seufzend aus und wendete sich wieder der Liste zu. „Nochmal zurück zur Liste." Er senkte die Stimme und fuhr fort. „Zwei Geheimnisse habe wir schon gelüftet, für drei weitere haben wir vielleicht Hinweise. Fehlt nur noch einer." „Stimmt.", pflichtete im Clara bei. „Das aus dem Palast in Sizilien." „Was meinst du, wollen wir Toni heute nochmal einen kleinen Besuch abstatten und fragen, ob er uns bei einer Bottiglia di Vino rosso noch ein wenig davon erzählt, wie Artus an die Einrichtung der anderen Räume gekommen ist? Vielleicht können wir dann noch ein wenig etwas über diese von Artus durchgestrichenen Gegenstände erfahren? Was meinst du?" „Wenn ich etwas anderes trinken darf, Cola zum Beispiel bin ich dabei." „Ich denke, das lässt sich machen."
Dieses Mal hatte Johannes den alten Gärtner zu sich in die Wohnung eingeladen. Die Gläser waren gefüllt und sie hatten das erste „Saluti" auch schon hinter sich gebracht. „Du hast uns ja bereits etwas darüber erzählt, wie Artus an das sizilianische, an

das afrikanische und an das chinesische Zimmer gekommen ist. Wie war das denn bei den anderen?" Toni kratze sich nachdenklich am Kopf und sagte dann. „Bene, allora. Es war dann im Winter 84, als wir von Remniku am Peipussee wieder zurück nach Allemania gegangen sind. Wir wohnten wieder in einem Hotel. Ich kannte das ja schon. Ich hatte nicht viel zu tun und Artus genoss das Leben und die Liebe. Es war am Silvesterabend, da lernte er sie bei einem großen Festa di Gala kennen. Wie heißt das auf Deutsch?" Clara kam ihm zu Hilfe „Galaabend?" „Esattamente. Sie war die schönste Frau, die ich je in meinem Leben gesehen habe. Sie war eine Prinzipessa aus 1001 Nacht. Ihr Name war Maryam. Scheicha Maryam bin Mohammed Al Nahyan. Sie kam aus den Arabischen Emiraten." Toni hatte mit einem Mal einem verträumten Blick. „Sie war die Tochter eines Neffen des ersten Präsidenten der Arabischen Emirate, Zayid bin Sultan Al Nahyan. Ihr Gesicht, wie ein Angelo. Augen wie Mandorla, ähm wie heißt das, Mandeln. Eine Figura. Bella. Und schwarze lange Haare. Ein Traum. Und Artus hat sich naturalmente unsterblich in Maryam verliebt. Sie aber war zu dieser Zeit mit einem wichtigen Manager einer Baufirma aus den Emiraten liiert. Trotzdem machte er ihr den Hof. Das war ein großes, großes Drama. Maryam wurde deshalb von ihrem Vater zurück in die Emirate geholt. Ihr Bräutigam löste erbost die Verlobung. Das alles war Artus egal und wir reisten ihr nach." „Ich sagte ihm, er solle keinen Unsinn machen und dass es gefährlich war, was er tat. Niemals würde jemand erlauben, dass eine Al Nahyan einen von Würmelshausen heiratete. Absolut unmöglich." „Und was wäre so schlimm daran, wenn eine Al Nahyan Artus geheiratet hätte?", wollte Clara wissen. „Die Al Nahyan sind die

Herrscherfamilie in den Emiraten. Da kann nicht einfach so ein hergelaufener kleiner deutscher Freiherr kommen und dort einheiraten. Aber Artus hat mich ignoriert. Wir reisten nach Abu Dhabi, was damals völlig anders aussah als heute. Es gab zwar schon einige Hochhäuser, die aber inzwischen alle nicht mehr stehen.

Mittlerweile ist die Stadt um ein Vielfaches größer und viele Wolkenkratzer sind in den Himmel gewachsen. Es ist kein Vergleich zu damals. Wir nahmen uns ein Zimmer in dem damals brandneuen Aerotel Abu Dhabi. Wie Artus damals zu Maryam Kontakt aufnehmen konnte, kann ich nicht sagen. Aber irgendwie muss es ja funktioniert haben. Jedenfalls trafen sie sich wohl ein paar Mal und er konnte ihr Herz erobern. Viel schwieriger war es das Herz ihres Vaters für sich zu gewinnen. Der Freiherr war ein Ungläubiger aus Almanya. Aber er ist auch ein schlauer Fuchs unser Artus. Wir haben den Scheich, sobald er das Haus verlassen hatte, sozusagen beschattet, immer abwechselnd. Maryam hat ihm erzählt, dass sie den Verdacht hatte, dass ihr Papa noch eine andere Donna besuchte, mit der er nicht verheiratet war. Und wir haben ihn dabei erwischt. Artus hat Fotos gemacht und ihn einfach damit erpresst. Maryam wusste über die Erpressung Bescheid, war aber der Meinung, dass ihr Vater es nicht besser verdient hatte. Zuhause gab er den untadeligen, gläubigen Moslem, den fürsorglichen Familienvater. Aber er war auch nur so ein Pascha, der seine Frauen nach Strich und Faden betrog. So kam es, dass sich die beiden gegen viele weitere Widerstände der Familie treffen durften. Der Scheich hat Artus mit verschiedenen Bauprojekten beauftragt. Der Freiherr hat dann begonnen zwei neue Luxushotels für den Scheich bauen zu lassen. Dann wurde Maryam schwanger und es kam zum Eklat. Ihr Vater hat sie zu einem entfernten Verwandten in die Wüste geschickt. Artus hat irgendeinen Bediensteten des Scheichs bestochen, der ihm gesagt hat, wo Maryam steckte. Wir haben einen Jeep gemietet und sind dorthin in die Wüste gefahren. Maryam ging es nicht gut. Ihr Vater hatte sie verprügelt und sie hatte das Kind verloren. Artus ist dann aber bei ihr geblieben. Bald ging es ihr besser. Dem Verwandten hat er übrigens das Zelt abgekauft und nach Hause ins Lagerhaus geschickt, das sich heute im arabischen Zimmer befindet. Irgendwann hat der Scheich herausbekommen, dass Artus nicht nach Deutschland zurück, sondern zu seiner Tochter gefahren ist. Er kam wutentbrannt in die Wüstenoase, doch wir konnten alle fliehen und sind dann wirklich nach Deutschland gefahren. Ein paar Monate waren er und Maryam ganz glücklich. Doch bald darauf hat die Fiore del Deserto, die Wüstenblume solches Heimweh bekommen, dass sie krank geworden ist." Toni schwieg einen Moment, bis Johannes fragte. „Und was ist dann passiert?" „Sie ist einfach zurück nach Arabien gegangen und hat den armen Artus mit gebrochenem Cuori zurückgelassen. Cosi sono del Donne." „Was heißt das?", wollte Clara wissen. „So sind die Frauen.", antwortete Toni. „Weißt du was Maryam heute macht?" „Nicht genau. Soweit ich weiß, hat sie einen anderen Scheich geheiratet und mit ihm viele Bambini bekommen." „Und Artus?" „Artus hat viel getrunken, um sie zu vergessen. Nach einiger Zeit hat er sich aber wieder gefangen und begonnen zu arbeiten. Es muss um das Jahr 1988 herum gewesen sein, als er Kontakt zu einem indischen Großindustriellen geknüpft hat. Dieser Mann war ein Multi Milliardär." „Das kann man sich gar nicht richtig vorstellen, dass es in diesem eigentlich armen Land Milliardäre gibt.", sagte Clara sinnierend. „Da hast du Recht, man kann es sich kaum vorstellen.", meinte Johannes aber der reichste Inder, ich glaube der heißt Mukesh Ambani, oder so ist über 85 Milliarden Dollar schwer." „Echt, woher weißt du das denn Paps?" „Bin halt scheißklug." „Wollt ihr die Geschichte jetzt hören, oder nicht?", fuhr Toni dazwischen, was die beiden anderen augenblicklich verstummen ließ. Sie nickten nur und grinsten etwas verlegen. „Dieser indische Milliardär wollte sich eine neue Residenz kaufen. Aber nicht irgendeine, sondern eine alte Ritterburg. Das wäre nicht so sehr das Problem gewesen, aber er wollte sie hier abbauen und dann in Indien Stein für Stein wieder aufbauen lassen. Das war vielleicht ein Theater. Diese Burgen stehen alle unter Denkmalschutz. Artus hat dann eine halb verfallene Burg gefunden, die sich damals in Privatbesitz befand. Er wurde sich mit dem Eigentümer der Ruine einig. Ich habe keine Ahnung wen Artus mit wieviel Geld bestochen hat, aber mit einem Mal war die Burgruine baufällig, einsturzgefährdet und musste abgerissen werden. Den Rest könnt ihr euch zusammenreimen." „Hm, mal überlegen.", sagte Clara daraufhin. „Die Steine und alles wurden nach Indien transportiert und dort wieder aufgebaut." „Im Grunde schon, allerdings wurde auch vieles einfach mit neuem Material gebaut, das Steinmetze aus dem gleichen Stein herstellten, aus dem auch der alte Teil der Burg bestand. Die Inneneinrichtung hat Artus einfach zusammengekauft. Dabei fiel dann auch das ab, was heute im Rittersaal steht. Das Fenster ist übrigens von der originalen Burg." „Das kann man ja kaum glauben.", fügte Johannes hinzu. „Jetzt fehlt ja nur noch das indische Zimmer."

„Vielleicht könnt ihr es euch ja denken?" Johannes und Clara sahen sich an und schüttelten dann den Kopf. „Nicht wirklich.", sagte Clara. „Nun, die Burg ist nach Indien transportiert worden." Johannes schlug sich vor den Kopf. „Ach so. Na klar. Dort hat Artus dann das indische Zimmer gekauft." „Im Prinzip stimmt das. An der Stelle, wo der Milliardär die Burg aufbauen lassen wollte, stand das Haus eines Radjas. Aus diesem stammen die Mosaike und die Einrichtung, sowie naturalmente auch das Fenster des indischen Salons. So, nun kennt ihr die Geschichte von allen Zimmern." „Danke Toni, noch ein Schlückchen?" „Si percé no? Warum nicht?" „Das ist ja wirklich unglaublich, was ihr da alles erlebt habt, du und Artus.", sagte Clara und sah den alten Gärtner bewundernd an. „Das stimmt, ich möchte auch mit niemand anderem tauschen." „Und all diese Zimmer die jetzt hier in diesem Herrenhaus zu bewundern sind. Schon toll." „Und all die wertvollen Sachen darin, die müssen ja ein Vermögen wert sein." Toni nickte. Der Freiherr ist ein sehr reicher Mann geworden." „Was meinst du ist das alles wert?", wollte Clara wissen und ihre Augen funkelten neugierig. „Das kann ich nicht sagen. Der Wert von diesen Dingen hängt natürlich immer davon ab, wieviel Geld jemand dafür ausgeben möchte." „Ja, verstehe." Clara nickte. „Es gibt so viele tolle Einzelstücke, die sind alleine schon ein Vermögen wert." Jetzt nickte Toni und nippte an seinem Weinglas.

„Zum Beispiel dieses riesige Seidenbild im chinesischen Salon. Das ist doch unbezahlbar?" Clara sah ihren Vater für einen Augenblick verschmitzt an und dieser zwinkerte zurück, ohne dass Toni etwas davon mitbekam. „Da habe ich leider gar keine Ahnung.", meinte Toni und zuckte mit den Schultern. „Ich kenne mich überhaupt nicht mit diesen Kunstsachen aus." Er sah auf seine Armbanduhr. „Es ist schon spät. Ich glaube ich bin ein wenig müde.", sagte er und trank sein Glas aus. Nachdem Toni gegangen war, saßen sie noch eine Weile zusammen. Johannes hatte noch ein wenig Wein in seinem Glas. Er nippte daran als Clara meinte. „Ein Leben wie Artus es geführt hat, das ist schon einzigartig. Selbst du als Seemann kannst da nicht mithalten." Johannes nickte bedächtig. „Das ist richtig. Mein abenteuerliches Leben war mit Anfang dreißig eigentlich zu Ende." „Wieso eigentlich?", wollte Clara wissen. Johannes blickte sie an, legte nachdenklich die Stirn in Falten, lächelte dann und meinte. „Nun, deine Mutter war von dem Gedanken mich zu heiraten, während ich weiter zur See fahre, nicht besonders angetan. Sie wäre dann ja quasi trotzdem alleine gewesen. Das wollte sie verständlicher Weise nicht. Deshalb habe ich die Seefahrt an den Nagel gehängt und bin an Land gegangen." „Bereust du es denn?" „Nein, gar nicht. Sonst wärest du ja nicht da mein Schatz." Clara beugte sich zu ihrem Vater und gab ihm einen Kuss auf die Wange. Johannes lächelte sie an. Plötzlich jedoch wurde Claras Gesicht ernst. Sie rieb sich nachdenklich das Kinn. „Was ist, was denkst du?" „Also wenn du mit deinem abenteuerlichen Leben, wegen der Familie, den Kindern und so aufgehört hast, wie war das dann bei Artus?" Johannes stutzte. „Hm, gute Frage." „Wenn Maryam ihr Kind verloren hat, wo kommt denn dann die Enkelin her? Meinst du er hat Maryam weiterhin gedated und sie hat dann doch noch ein Kind von ihm bekommen?" „Was weiß ich, aber überlege mal, selbst wenn, dann wäre dieses Kind heute." -Er rechnete offenbar im Kopf nach.- „Höchstens Anfang, Mitte dreißig." „Das passt natürlich nicht, denn Susi ist ja auch etwa so alt." Johannes überlegte. „Es muss da noch eine andere Frau gegeben haben. Nehmen wir einmal an Susanna ist dreißig Jahre alt. Also ist sie 1991 geboren. Wenn ihre Mutter -sagen wir mal- fünfundzwanzig gewesen wäre, hätte diese das Licht der Welt 1966 erblickt. Richtig?" „Richtig Paps." „Das war mehr als zehn Jahre bevor Artus und Toni sich kennen gelernt haben. Da war Artus fünfunddreißig." „Also gibt es, oder besser gab es noch eine andere Frau in Artus Leben." „Sieht so aus." Schweigend, ob dieser Erkenntnis, saßen die beiden einen Moment da, dann leerte Johannes sein Glas. „Ich gehe jetzt auch ins Bett. Und das solltest du auch tun, mein Schatz. Morgen musst du fit für die Schule sein. Und für Clemens natürlich.", fügte Johannes grinsend hinzu. „Nur kein Neid Paps. Du hast es ja bisher nicht geschafft jemand zu daten." „Das ist ja die Höhe, du triffst jeden Tag Leute in der Schule und nimmst dir dann auch noch den ersten Besten. Da kann ich natürlich nicht mithalten.", sagte er vergnügt. „Nicht den ersten, aber den Besten.", konterte Clara. „Du hast ja am Freitag die Chance das Blatt zu wenden. Du triffst Paula, wie hat sie gesagt, auf ein Bier oder Wein, nicht wahr?" „Dabei geht es um die Arbeiten am Boot, um sonst nichts.", kam es etwas steif von Johannes. „Stell dich nicht so an Paps. Tu mir einfach den Gefallen und verkacks nicht." „Ich weiß doch gar nicht, ob sie Interesse an mir hat." „Dann find es halt raus." Sie gab ihm einen Kuss auf die Stirn. „Gute Nacht Paps, bis morgen." Clara verließ den Raum und ließ Johannes mit seinen Gedanken allein.

Kapitel 8

Doch vor den Freitag hatte der Liebe Gott den Rest der Woche gesetzt. So blieb Johannes noch etwas Zeit. Die Nervosität vor diesem Date, das ja eigentlich gar keins war, hielt sich daher auch in Grenzen. In der Zwischenzeit wollte er die Kunstgegenstände, zusammen mit einem Fachmann inspizieren die alarmgesichert werden sollten. Die Lösung war im Grunde recht einfach. Auf der Rückseite der Gemälde wurde ein kleiner Funksender angebracht der, sobald er bewegt wurde, einen Alarm auslöste. Dieser Alarm wurde sowohl akustisch über einen Lautsprecher wie auch still an eine App auf seinem Handy und den Zentralrechner im Keller weitergegeben. Es war schon sehr lustig, wie argwöhnisch sie, wenn sie dabei Susanna oder Mike begegneten, beäugt wurden. Wenn ihr wüsstet, dachte Johannes, dass es hier Dinge gibt, von denen ihr nicht den blassesten Schimmer habt. Und ich kenne auch noch nicht alle Geheimnisse.

Er hatte sich von dem Herrn der Alarmanlagenfirma verabschiedet. Und jetzt werde ich mal nachsehen, ob einer der vermeintlichen Hinweise, wirklich ein solcher ist. Bevor Johannes den chinesischen Salon betrat, vergewisserte er sich, dass da niemand auf dem Flur war, der zu dem Zimmer führte. Er öffnete die Tür und schlüpfte hinein. Das seidene Gemälde, das in der Liste durchgestrichen war, erkannte er sofort. Mehr als 2 Meter lang und etwas 60 cm breit, war es auf einen Holzrahmen aufgespannt. Er versuchte es herunterzuheben. Keine Chance. Das Ding war bombenfest. Das ist doch schon mal ein gutes Zeichen, dachte er. Er fuhr mit den Fingern den Rahmen entlang.

Nichts, kein Schalter, oder Taster. Vermutlich war der Auslöser des Mechanismus so angebracht, dass man ihn ohne große Verrenkungen erreichen konnte. In der Höhe eines Lichtschalters vielleicht? Johannes betastete die seidene Fläche. Es muss irgendetwas sein, dass man gleich findet, wo man nicht lange suchen muss. Am rechten

Rand des Gemäldes ragte ein Baum ins Bild. Alle Blätter waren grün, nur zwei hellblaue Blüten stachen daraus hervor. Johannes tastete mit dem Finger diese Blüten ab und drückte ein wenig auf die seidene Oberfläche. Er grinste. Da war ein Widerstand zu spüren. Unter beiden Blüten. Ob das wieder solche Taster sind? Vorsichtig drückte er darauf. An der Außenwand des Gebäudes, genau dort wo er es erwartet hatte, befand sich neben dem Fenster ein zweitüriger Schrank. Er erinnerte sich daran, dass auch dieser Schrank in der Liste durchgestrichen war. Ich vermute mal, das Ding lässt sich auch nicht bewegen. Es klickte, und surrte, wie er es schon kannte und die Türen des Schrankes öffneten sich wie von Zauberhand. Nummer drei, dachte Johannes und stieg in den Schrank.

Als er den kleinen Raum hinter dem chinesischen Fenster betrat, war er zunächst ein kleines bisschen enttäuscht. Das Ambiente des Raums unterschied sich nicht von dem der anderen Geheimzimmer. Gegenüber dem Fenster stand wieder ein weißes, glänzend lackiertes Podest, wie bei der Giacometti Figur. Und darauf ein hölzerner Kasten, vielleicht 20 mal 15 Zentimeter groß. Es sah aus wie Vogelaugenahorn. Der Kasten war lackiert und oben auf dem Deckel stand Franck Muller und darunter Genève. Was da wohl drin ist? Behutsam öffnete er den Deckel, der sich aufklappen ließ. Vorsichtig, als ob ihn das was sich in der Box befand anspringen konnte, spähte er hinein. Aha, dachte er, eine Armbanduhr. Das Gehäuse war irgendwie oval, aber oben und unten abgeflacht und schimmerte rötlich-golden. Das Zifferblatt war silbern und vier kleine Anzeigen waren gleichmäßig darauf verteilt. Darum herum befanden sich die Ziffern für die Stundenanzeige. Auf der unteren, kleinen Anzeige war im oberen Teil ein kleiner Mond und noch kleinere Sterne zu sehen. Und im unteren Bereich, stand wieder -Franck Muller Genève-. Von dieser Uhrenmarke hatte Johannes noch nie etwas gehört, was nicht viel heißen wollte. Das Ding sah auf jeden Fall teuer aus. Er holte sein Handy hervor und machte ein Foto von der Uhr. Im Internet würde man sicher etwas über diese Marke finden.

Clara war wie immer ganz aus dem Häuschen, als Johannes ihr von seiner neusten Entdeckung erzählt hatte und machte sich mit dem Foto, dass Johannes ihr hatte zukommen lassen, im Internet auf die Suche nach der Uhr. Plötzlich ließ sie einen Pfiff hören. „Wow, schau mal Paps." „Hast du was gefunden?" „Allerdings!" Johannes kam heran und sah auf den Bildschirm. „Wer kauft denn so eine Uhr? 105.000 Euro wollen die für das Ding haben?" „Bei dem Namen, -Franck Muller Cintrée Curvex Perpetual Calendar Rosegold, ist das kein Wunder." „Ich würde sowas nicht am Arm haben wollen. Da hätte ich immer Angst, dass man sie mir klauen würde." „Die haben eben nur ganz reiche Leute. Und die tragen so etwas nur wenn sie unter ihresgleichen sind. Da klaut man das nicht, da hat man das selbst." „Und wenn die Uhr nicht getragen wird, liegt sie in einem Safe, oder einem Versteck wie diesem hier."

Franck Muller Armbanduhr

„Wollen wir mal in den Rittersaal gehen und den Klugscheißerdegen drehen, Paps?", sagte Clara und grinste. „Gute Idee. Bin ja echt mal gespannt." Als sie kurz darauf im Rittersaal standen, deutete Johannes auf die Attrappe eines offenen Kamins. Clara nickte und sagte. „Das Ding wird sich gleich bewegen." Johannes ging zu einem Degen, der reichverziert und mit schimmernder Klinge, in einer Halterung an der Wand hing. Er scheiterte, wie er es schon erwartet hatte, mit dem Versuch den Degen abzunehmen. „Mal sehen, wie das hier funktioniert." „Drehen lässt er sich nicht." „Vielleicht nur den Griff?", warf Clara ein. Aber auch das war nicht von Erfolg gekrönt. „Möglicherweise muss man zwei verschiedene Sachen betätigen, das war bei dem chinesischen Bild auch so. Ich habe die Vermutung, damit man den Mechanismus nicht aus Versehen öffnet. In diesem Moment hörten sie Schritte auf dem Flur. „Still.", zischte Johannes Wie erstarrt blieben sie stehen. Die Schritte wurden leiser. „Vielleicht nur Dora, die dem Freiherrn etwas gebracht hat." „Möglich.", sagte Johannes. „Ich hab ganz schön Herzklopfen." Clara fummelte weiter am Griff des Degens herum. „Paps, den Bügel kann man hochklappen. Und passiert was?" „Nein, nichts." Und dieses Ding lässt sich drehen." Clara hatte an einer der beiden Parier Stangen am Griffstück gedreht. Wieder das Klicken, dann das Surren und wie erwartet schob sich der Kamin zur Seite und gab eine Öffnung frei. „Was meinst du, was wohl in diesem Raum ist?", wollte Clara wissen. „Wir hatten eine Statue, eine Kommode und eine Armbanduhr. Vielleicht ist es Schmuck?", antwortete Johannes. Er sollte Recht behalten.

Wieder stand in dem geheimen Raum ein weißes Podest an der Wand. Aber dieses Mal war das Kästchen noch viel kleiner als zuvor. Es war ein, vielleicht acht Mal acht Zentimeter großes Schmuckkästchen. Solche Kästchen hatte er schon oft gesehen. Und wie erwartet, enthielt es einen Ring. Aber was für einen. In der Mitte thronte auf der goldenen Ringschiene, ein gewaltiger roter Stein, der an vier Seiten mit kleinen diamantenen Blumen umgeben war. Clara nahm ihn heraus und steckte ihn an einen Finger. „Wow, was für ein Riesenbrummer.", sagte sie und betrachtete verzückt ihre Hand, mit dem Ring an ihrem Finger. Johannes nahm das kleine Plastikschild, dass er schon bei den anderen Kunstwerken in den Geheimräumen gesehen hatte und las die Information darauf. -Tiffany & Co. Schlumberger. Rosa Turmalin und Diamant Blumen Ring-. Turmalin heißt dieser Stein also. Noch nie gesehen. Zu Clara sagte er: „Nimm den Ring bitte wieder ab und lege das Ding wieder zurück in das Kästchen." Clara streifte den Ring ab und steckte ihn ehrfurchtsvoll zurück. „Was meinst du, was ist der wert?" „Keine Ahnung. Aber es ist ein Tiffany Ring. Das heißt schon was. Wer allerdings dieser Schlumberger ist, der hier auf dem Schildchen steht weiß ich nicht." Clara zog wieder einmal ihr Smartphone aus ihrer Gesäßtasche wischte und tippte darauf herum. „In Wikipedia steht das dieser Jean Schlumberger ein Franzose war, der für Tiffany Schmuck designt hat. Uih, der hat Schmuck für Elisabeth Taylor und Audrey Hepburn gemacht. Und für die Frau von diesem Kennedy, dem amerikanischen Präsidenten." „Dann sollten wir das Kästchen besser wieder zurückstellen.", meinte Johannes. „In den Geheimräumen steht ja echt wertvolles Zeug. Da war diese dürre Statue von dem Schweizer, die französische Kommode, die Uhr und der Ring. Für das Zeug kann man sich ein schönes,

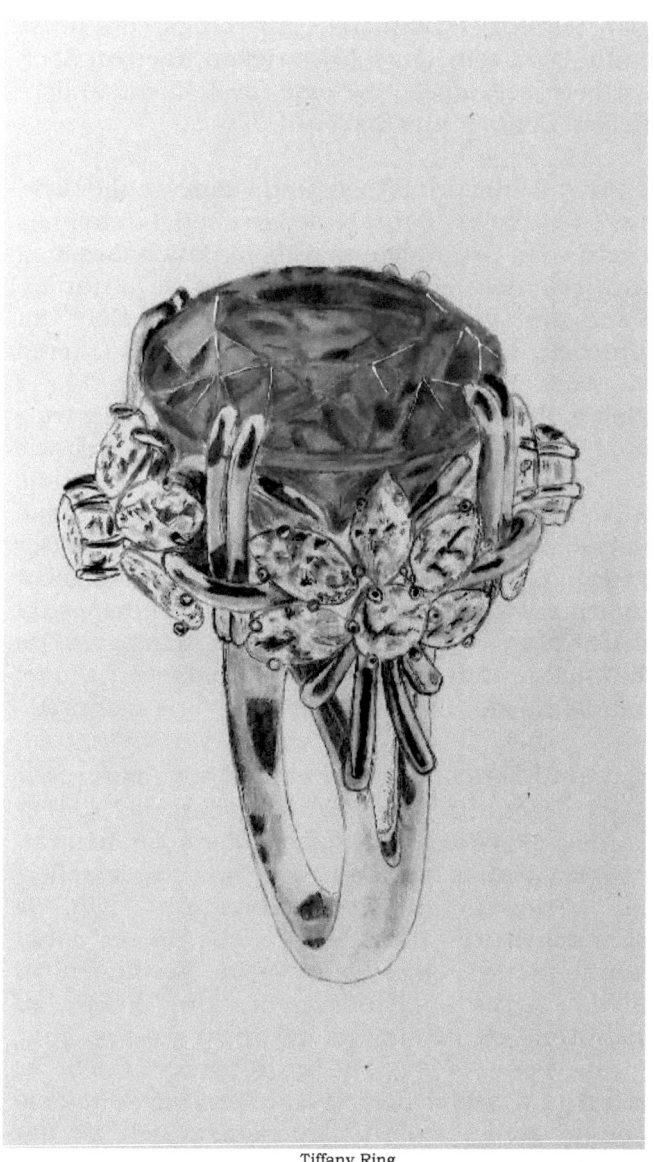

Tiffany Ring

kleines Häuschen kaufen." „Allerdings, da muss eine alte Oma sehr lange für stricken. Bleiben noch zwei Überraschungen. Die eine im Zelt, die andere in diesem Zimmer aus Sizilien."

Der Freitag rückte näher und kam schließlich. Heute würde er Paula wiedersehen. Johannes versuchte das Grummeln in seinem Bauch damit zu besänftigen, dass er sich einredete, es sei ja nur ein Treffen, um die Arbeiten an seinem Boot zu besprechen. Allerdings ertappte er sich des Öfteren dabei, wie er sich ihre Augen und ihren Mund vorstellte. Er schüttelte die Gedanken ab und zwang sich, an etwas anderes zu denken. Er kam sich wie ein Teenager vor, der heimlich an die Schulschönheit dachte, ohne jemals eine realistische Chance zu haben, mit dieser auszugehen. So wendete er sich wieder dem Angebot der Alarmanlagefirma zu, dass er noch einmal exakt überprüfen wollte, bevor er damit zu Artus ging. Im Verhältnis zu den Werten, der Kunstgegenstände, waren die Kosten für die Alarmsicherung marginal.

Kurz darauf stand er wieder einmal vor Artus. „Wie geht es ihnen Herr von Würmelshausen?" „Aber Johannes, es würde mich freuen, wenn sie Artus zu mir sagen. Hatten wir das nicht so ausgemacht?" Etwas verlegen antwortete Johannes: „Oh, ja entschuldigen sie bitte Artus. Ich bin es nicht gewohnt, meinen Arbeitgeber beim Vornamen zu nennen." Artus lächelte. „Um ihre Frage zu beantworten. Heute geht es mir nicht ganz so gut." Wie um seine Worte zu bekräftigen, atmete er rasselnd und sagte. „Die Luft, irgendwie bekomme ich heute schlecht Luft." Er beugte sich zu der kleinen Sauerstoffflasche und drehte an dem Regler herum. „Sehen sie es hilft nichts." Johannes folgte unwillkürlich den Bewegungen des Freiherrn. Er betrachtete sich die Flasche. Was war das denn, da hing ein kleines Kabel lose herunter. „Entschuldigen sie Artus, darf ich mir das einmal kurz ansehen. Da scheint etwas nicht in Ordnung zu sein." Artus etwas verwirrt, weil er nicht sofort erfasste, was Johannes meinte, nickte nur. Johannes ging neben dem Rollstuhl in die Knie. Es sah so aus, als ob das kleine Kabel, das am Ende einen winzigen Stecker hatte, in eine Buchse an dem Ventil gehörte, an welchem Artus gerade noch gedreht hatte. Dem Verlauf des Kabels folgend, endete es auf der anderen Seite an einem kleinen Kästchen, das am Flaschenhals der Sauerstoffflasche montiert war. Das ist wohl der Stellmotor, der die Sauerstoffmenge regelt, dachte Johannes und steckte den Stecker in die Buchse. Augenblicklich erfolgte ein leises Brummen, dann ein Zischen. Johannes blickte zu Artus auf. Dieser hatte wohl gerade eine kleine Sauerstoffdusche bekommen und atmete erleichtert und tief ein. „Danke.", sagte er nur. „Keine Ursache. Wann wurde die Flasche eigentlich das letzte Mal getauscht?", erkundigte sich Johannes. Artus dachte kurz nach und sagte dann. „Ich glaube am Dienstag. Warum fragen sie?" „Nur so. Und haben sie seit Dienstag Probleme?" „Nein, eigentlich erst seit heute. Nachts habe ich ein solches Gerät am Bett. Erst seitdem ich in diesem vermaledeiten Stuhl sitze, ist es schlechter geworden." Johannes nickte verstehend. Das Kabel ist so unzugänglich, dass er es kaum selbst durch irgendeine Unachtsamkeit hätte herausziehen können, dachte Johannes noch, als sich ihre Blicke trafen. Johannes meinte etwas Nachdenkliches darin zu sehen. Unmerklich nickte Artus, als hätte er etwas begriffen. Ohne es auszusprechen, dachte Johannes an die Schritte, die sie gestern Abend gehört hatten, als sie dabei waren das Geheimnis des Rittersaals zu lüften. „Was war es denn?", wollte der Freiherr wissen. „Da war ein Kabel lose, das an einen kleinen Motor geht, der das Regelventil ansteuert." „Wie kann denn so etwas passieren?", fragte der Alte argwöhnisch. „Das kann ich nicht sagen. Eigentlich sitzt der Stecker recht fest in der Buchse." Johannes überzeugte sich noch einmal davon und rüttelte ein wenig an dem Kabel. Doch es saß fest. „Jetzt ist wieder alles in Ordnung.", sagte er bestätigend. Artus brummte so etwas wie. „Mal sehen wie lange." „Wie bitte?" „Nichts, nichts.", beeilte sich Artus zu antworten. „Vielen Dank jedenfalls, dass sie den Fehler behoben haben. Was haben sie denn Schönes für mich." „Das Angebot für die Alarmanlage.", sagte Johannes und legte ein paar Bögen Papier auf den Tisch. Sie gingen die einzelnen Räume durch. Das hieß Johannes erklärte, was, wie gesichert werden sollte. Plötzlich bekam Artus einen glasigen Blick und hielt seinen Kopf so seltsam schräg. Nicht schon wieder dachte Johannes. Er hat den Stupor. Bei den vorangegangenen Malen ging es nach kurzer Zeit wieder vorbei. Sollte er Susanna holen? Da fiel ihm etwas ein. Hatte er ihm nicht in diesem Zustand, die Geheimnisse von zwei Zimmern verraten, nur weil er Johannes, sie im Gespräch erwähnt hatte? Das ist eigentlich nicht in Ordnung, wenn ich das mache, dachte er noch, sagte aber: „Was ist mit dem Sizilianische Salon?"

Zunächst geschah nichts und Johannes wiederholte leise seine Frage. Artus lief etwas Speichel aus dem Mundwinkel und Johannes überkam ein furchtbar schlechtes Gewissen. „Ich würde so gerne noch einmal das Konzert sehen.", kam es krächzend und leise von dem alten Mann. Was für ein Konzert, dachte Johannes? „Artus, hallo Artus wachen sie auf." Johannes hielt den Freiherrn an den Schultern fest und schüttelte ihn ein wenig. Dieser hob den Kopf und sein Blick schien sich zu fangen und er fixierte Johannes. „Was ist denn, was machen sie da?" Johannes ließ los. Der Alte schien zu begreifen. „War ich wieder?" Artus ließ den Satz unvollendet und Johannes nickte zaghaft. „Ich bin ein echtes Wrack, ein alter Mann, der nicht mehr laufen kann und nicht immer Herr seiner Sinne ist." Artus ergriff Johannes Arm. „Versprechen sie mir auf meine Schätze aufzupassen? Susanna wird trotz der Alarmanlage versuchen, aus meiner Sammlung Kapital zu schlagen." Der Alte sah ihn flehend an. So offen hatte er noch nie mit ihm über die Absichten seiner Enkelin gesprochen. „Das mache ich. Ich verspreche es ihnen." Artus ließ Johannes Arm los und lehnte sich wieder in seinem Sessel zurück. „Gut.", hauchte er. „Darf ich sie etwas fragen Artus?" „Ja natürlich. Ich hoffe ich kann ihre Frage auch beantworten." „Susannas Mutter, wo ist sie?" Artus Blick wurde ein wenig wehmütig. „Sie ist tot und seitdem habe ich Susi, quasi am Hals." Artus sah, dass Johannes nicht verstand. „Da muss ich wohl etwas weiter ausholen. Als ich ein junger Mann war, war ich, wie sagt man, kein Kostverächter. Ich hatte viele Liebeleien und noch mehr Frauen, mit denen ich manchmal auch nur für eine Nacht das Bett teilte. Jung, dumm und lebenslustig war ich. Und ohne einen Funken Anstand und Verantwortungsgefühl. Ich behandelte die Frauen nicht gut. Vielleicht ist das hier.", er deutete an sich herunter, „Nun die Quittung dafür." Artus schwieg für einen Moment, dann fuhr er fort. „Nun, vor etwas mehr als 20 Jahren bekam ich eines Tages einen Brief von einer Frau, die behauptete sie sei ein Kind von mir, das bei so einem flüchtigen Abenteuer entstanden sei. Sie würde sich an mich wenden, da sie unheilbar an Krebs erkrankt sei und nun wolle, dass ihr kleines Kind bei mir aufwächst. Ich habe den Brief ignoriert. Bald darauf kam ein Zweiter. Sie erklärte mir, dass der Vater des Kindes kurz Susannas Geburt, bei einem schweren Unfall, er war wohl LKW-Fahrer, gestorben sei. Ihre Zeit würde jetzt ebenfalls ablaufen. Sie hatte ein Bild ihrer Mutter und ihrer Tochter beigelegt Ich erkannte die Frau. Wir hatten eine kurze Affäre. Das war richtig. Wieder ignorierte ich den Brief. In dem Dritten, der bald darauf kam, schlug sie vor, einen Gentest machen zu lassen, damit ich sicher sein könne, dass sie mich nicht betrügen wollte. Ich glaubte nicht daran, dass ich der Großvater dieses kleinen Mädchens sein könnte, wollte aber meine Ruhe haben und willigte ein. Das Ergebnis war eindeutig. Susi ist ohne jeden Zweifel meine Enkelin. Ihre Mutter starb kurz darauf, ohne dass ich sie wieder gesehen hatte. Susi kam dann zu mir. Da ich aber nicht viel mit Kindern anfangen konnte, schickte ich sie auf eine renommierte Eliteschule, das Institut vom Rosenzweig, bei Zürich. Ich wohnte zwar bereits zehn Jahre in diesem Haus, war aber nach wie vor sehr viel unterwegs und ging meinen Geschäften als Makler nach. Es dauerte aber nicht mehr lange, da wurde ich krank. Ich bekam Pneumokokken, eine Gehirnentzündung, mehrere Herzinfarkte und einen Schlaganfall. Seitdem geht es langsam bergab. Da konnte ich mich erst recht nicht mehr um ein Kind kümmern. Ich habe sie dann viele Jahre nicht mehr gesehen, sie blieb eigentlich immer im Internat. Vor drei Jahren dann, sie hatte ihr Studium abgeschlossen, ich hatte sie an die besten und teuersten Unis der Welt geschickt, stand sie eines Tages vor der Tür und wollte ein wenig Zeit hier verbringen. Kurz darauf hatte ich meinen zweiten Schlaganfall, der mich seitdem an diesen monströsen Stuhl fesselt. Susi meinte, sie bliebe jetzt bei mir, um sich um mich zu kümmern. Ein sehr herzliches Verhältnis hatten wir nie. Ich denke sie hätte es lieber gesehen, wenn ich schon vor einer Weile abgetreten wäre. Aber die Ärzte sagen, ich sei ein zäher, alter Knochen." Johannes hatte aufmerksam zugehört. Es ist kein Wunder, dachte er, wenn sie ihn nicht leiden kann. Aber wenn sie es wirklich war, mit dem Stecker, das ginge dann doch zu weit. Das ist ja kriminell. „Ich war ihr kein guter Großvater.", sagte Artus auf einmal und eine Träne lief ihm über das Gesicht. Jetzt war es an Johannes, seine Hand tröstend auf den Arm des Alten zu legen.

Johannes saß bereits beim Mittagessen, als Clara von der Schule kam. „Hallo Paps, na schon aufgeregt?" „Weshalb sollte ich denn aufgeregt sein?", sagte Johannes unterkühlt. „Ach tu nicht so. Ich wäre aufgeregt." Johannes schwieg und stocherte lustlos in seinem Essen herum. „Schmeckt es nicht?", wollte Clara wissen. „Doch." „Was ist denn dann los?" „Ich war vorhin bei Artus. Er hatte wieder so einen Anfall, diesen wie heißt das nochmal?" „Dissoziativer Stupor, Paps." „Stimmt. Es war zwar nicht fair, aber ich habe ihn, als er weggetreten war, nach dem sizilianischen Zimmer gefragt." „Und?" „Er hat nur gesagt, dass er das Konzert gerne noch einmal sehen würde. Mehr nicht. Dann ist er wieder zu sich gekommen." „Das Konzert? Was 'n für 'n Konzert?" „Ich habe keinen Schimmer. Ich denke auch gerade darüber nach. Aber mir fällt nichts dazu ein, was ich mit dem sizilianischen Zimmer in Verbindung bringen könnte. Hast du eine Idee?" Clara schüttelte den Kopf. „Hat Artus denn mitbekommen, was er dir erzählt hat?" „Nein hat er nicht. Aber apropos erzählt. Artus hat mir von Susi erzählt." Johannes berichtete Clara in allen Einzelheiten darüber was er von Artus erfahren hatte und lies auch die Sache mit dem Kabel an der Sauerstoffflasche nicht unerwähnt.

Frisch geduscht, saß er pünktlich um zwanzig Minuten nach drei in seinem Auto und war auf dem Weg zu Jacksons Boat Yard. Als er zwanzig Minuten später auf den Hof der kleinen Werft einbog, stand Paula vor dem Laden und schien auf ihn zu warten. Anders als erwartet, war sie in ein elegantes, aber trotzdem sommerliches Kleid gehüllt. Die Pumps hatten einen nicht allzu hohen Absatz und ihre Mähne hatte sie gebändigt, indem sie sich die Haare kunstvoll zurückgesteckt hatte. Sie sah umwerfend aus. Der Lippenstift passte so gut zu ihrem Kleid, als hätte sie ihn speziell dafür gekauft. Als er ausgestiegen war und ihr die Hand zur Begrüßung reichte, drang ihm ihr Parfum in die Nase. Es war verführerisch und seine Knie fühlten sich einen Moment lang nicht mehr ganz fest an. „Hallo Johannes, schön, dass du da bist. Wollen wir nach hinten auf die Terrasse gehen?"
Johannes folgte ihr. Er lächelte. Ein wenig zu lang blieb sein Blick, auf dem hin und herpendelnden Po hängen. Sie setzten sich. „Was magst du trinken? Ich habe einen trockenen Rosé kaltgestellt." „Äh, ja gerne." Die Terrasse bot einen wunderschönen Blick auf den See. Neben dem Wein und den dazugehörigen Gläsern, fanden sich ebenfalls einige ansprechend angerichtete Knabbereien auf dem Terrassentisch. „Das ist wirklich schön hier.", sagte Johannes und ließ seinen Blick über den See gleiten. Kleine Segelboote zogen ihre Bahnen und weiße Wölkchen traten am Himmel in Konkurrenz zu ihnen. Die Sonne schien herrlich warm. Eine

Markise spendete Schatten. Paula hob ihr Glas und sie sahen sich in die Augen. Ein tiefer, langer Blick. Johannes hatte das Gefühl er könnte darin versinken. Das Pling der aneinanderstoßenden Gläser, brachte ihn in die Realität zurück. „Zum Wohl.", sagte sie. „Schön, dass es dir hier gefällt." Sie sah ihn in einer Weise an, die ihm schier den Puls nach oben trieb. War das ihre Absicht. Sie kannten sich im Grunde doch kaum. „Tja, äh wie sieht es mit dem Boot aus." „Das geht voran. Aber willst du jetzt wirklich über die Arbeit reden?" „Ja aber sind wir denn nicht deshalb hier?" Sie lächelte und eine Strähne ihres lockigen Haares fiel ihr ins Gesicht. „Nun ja, wenn das stimmt was Clara gesagt hat, dann gibt es wohl noch etwas anderes, über das wir sprechen könnten." Was hatte Clara erzählt? Hatte sie etwas von den Geheimnissen des Herrenhauses preisgegeben? „Was hat sie denn gesagt?" Johannes versuchte cool rüberzukommen und hoffte das Paula nichts von seinem inneren Aufruhr mitbekam. „Also mir hat sie direkt gar nichts erzählt. Allerdings habe ich mitbekommen, also genauer gesagt die Tür zu Clemens Zimmer stand offen und ich habe gehört was sie zu ihm gesagt hat." Du hast gelauscht, dachte Johannes, sagte aber stattdessen „Was hat sie denn zu Clemens gesagt?" Völlig unbekümmert, als ob es die normalste Sache der Welt wäre antwortete Paula. „Na das du in mich verknallt bist." Bamm! Das war wie ein Paukenschlag und Johannes klingelten von diesem Satz für einen Augenblick die Ohren. Es kam ihm vor, als würde sein ganzes Blut schlagartig in seine Beine sacken, nur um gleich darauf wieder in seinen Kopf zu schießen. Beinahe hätte er das Glas in seiner Hand fallen lassen, konnte es aber mit zittrigen Händen gerade noch auf dem Tisch abstellen. „Ähm." War alles was er herausbekam.

„Also." „Also was? Bist du etwa doch nicht in mich verknallt?" Die Worte, die er jetzt eigentlich sagen wollte, blieben in seiner Kehle stecken und kamen nicht heraus. „Ich, bin schon etwas in dich verknallt", sagte Paula und ein betörendes Lächeln breitete sich auf ihrem Gesicht aus. Sie strahlte Johannes an.

„Ja, ich bin glaube ich auch in dich verschossen.", sagte er sehr leise, aber laut genug das Paula es hören konnte. „Ich meine wir kenne uns kaum und trotzdem.", kam es jetzt zögerlich von Johannes. „Trotzdem finden wir uns anziehend. Ja so etwas soll es geben.", vollendete Paula den Satz. Sie beugte sich langsam über den Tisch und küsste Johannes sanft auf den Mund. Er, ließ es geschehen.

Kapitel 9

Es war kurz vor 24 Uhr, als Johannes die Wohnungstür öffnete und leise durch die Wohnung schlich. Auf Zehenspitzen ging er den Flur zu seinem Schlafzimmer entlang, als aus der abgedunkelten Küche Claras Stimme drang. „Hallo Paps, du warst ja ganz schön lang bei deiner Besprechung. Wie wars denn?" „Was sitzt du denn da im Dunkeln rum?", bekam sie zur Antwort. „Ich habe halt auf dich gewartet." „Weist du eigentlich, dass du mich in eine saublöde Situation gebracht hast.", entgegnete er. „Ich, wieso denn?" „Du hast Clemens erzählt, ich sei in seine Mutter verknallt?" Clara schwieg plötzlich und Johannes schaltete das Licht ein. „Und was sagst du dazu?" „Hat er dir das denn gepetzt?" „Nein, das nicht. Aber Paula hat es gehört, weil die Türe offenstand, als du Clemens davon erzählt hast." „Oh.", sagte Clara und schlug sich die Hand vor den Mund. „Ja, oh. Weißt du wie ich da stand?" „Das tut mir leid.", sagte Clara mit großen Augen. „Ich wollte das nicht." Johannes sah wie ihre Augen begannen zu schwimmen. Er ging auf sie zu und nahm sie in die Arme. „Alles kein Problem. Es ist ja nichts Schlimmes passiert." „Und was ist passiert?" Jetzt lächelte Johannes. Das Lächeln wurde zu einem breiten Grinsen. „Wir haben uns geküsst." „Ihr habt was?" „Wir haben uns geküsst. Das habe ich doch gerade gesagt." „Du machst Witze!" „Nö, mache ich nicht." „Seid ihr jetzt etwa zusammen?" „So könnte man das nennen." „Jetzt bin ich aber platt." Clara schwieg für einen Moment und sagte dann. „Das ist ja ganz schön strange. Die Tochter geht mit dem Sohn und der Vater mit der Mutter." Johannes musste lachen. Darüber habe ich noch gar nicht nachgedacht." Die beiden um armten sich. „Ja, du hast Recht, ein bisschen strange ist das schon. Und du hast die ganze Zeit hier gesessen und gewartet?" „Nein nicht die ganze Zeit, ich habe schon auch noch etwas anderes gemacht. Das wollte ich dir eigentlich erzählen, deshalb habe ich gewartet." Sie senkte ihren Kopf und meinte ein wenig beleidigt. „Aber du musstest ja bis spät in die Nacht hinein rumpussieren." „Komm, sei nicht beleidigt. Ich bin ja vor Mitternacht wieder zuhause gewesen. Was wolltest du mir denn erzählen?" Anstatt zu antworten zückte Clara das Handy und zeigte Johannes ein Bild. Er betrachtete es einen Moment lang, dann sagte er. „Ein Messer? Das Ding hinter dem arabischen Fenster ist ein Messer?" „Genau. Aber nicht irgendein Messer es ist das teuerste Taschenmesser der Welt." „Du bist ohne mich ins Zelt gegangen und hast den Mechanismus gefunden? Wenn sie dich erwischt hätten." „Haben sie aber nicht. Der Mechanismus war wie vermutet, in der arabischen Deckelvase versteckt. Erst den Deckel hochklappen und dann die Vase etwas drehen." „Du bist mir ja eine. Für heute hast du mich genug Nerven gekostet." „Das tut mir echt leid. Aber sieh es doch einmal so. Ohne mich wärst du jetzt nicht mit Clemens Mama zusammen und ohne mich wäre das Geheimnis des arabischen Zimmers noch nicht gelüftet." Sie grinste frech. „Das hätte ich auch herausgefunden, meinst du nicht?" „Sicher Paps.", kam es ein wenig zu gönnerhaft von Clara. „Was für ein Taschenmesser ist es denn eigentlich?" Clara wischte auf ihrem Handy und reichte es Johannes. „Das ist das Schildchen. Es lag neben dem schwarzen Kasten, in dem das Messer drin ist." Johannes las den Text vor: „Nesmuk Exclusiv Folder. Das aufwendigst gefertigte Folder besitzt eine 8 cm lange Klinge aus 336 Lagen Tropfendamast, die ebenso wie die Federn und

Platinen mit einer DLC (Diamond-like Carbon) Beschichtung veredelt ist. Krass. Und hast du rausgefunden, was so ein Messer kostet?" „Allerdings lieber Paps. 52.000 Euro." „Echt ein Taschenmesser für 52.000 Euro. Wer kauft denn so etwas." „Na die gleichen Leute, die sich ne Uhr oder einen Ring für 100.000 Euro kaufen." Das Handy, das Johannes immer noch in Händen hielt machte leise Pling. Mit einem flüchtigen Blick darauf gab er es Clara zurück. „Von Clemens.", sagte er und meinte die Nachricht, die dieser gerade geschickt hatte. Clara las sie und grinste. „Er will wissen, ob es wahr ist." „Was wahr ist?" „Na das mit Paula und dir?" Johannes seufzte und winkte ab. „Ich denke, wir gehen jetzt besser ins Bett. Morgen früh müssen wir." Clara fiel ihm ins Wort. „Nicht früh raus, denn es ist Samstag." „Stimmt, und morgen zeigst du mir das Messer, ok?

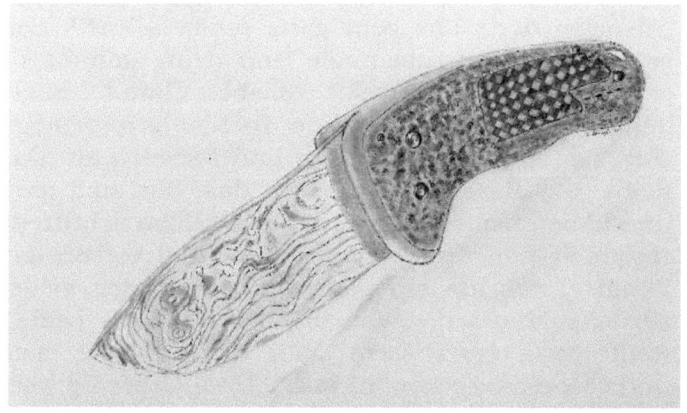

Nesmuk Exclusiv Folder

Ein Pling auf seinem Handy weckte Johannes. „Wollen wir zusammen frühstücken?", war da zu lesen. Die Nachricht war von Paula. „Bei dir oder bei mir?" Pling. „Ich würde mir gerne mal ansehen, wie und wo du wohnst?" „Ok. Wann möchtest du hier sein?" Pling „So in einer Stunde?" „Prima, ich freu mich."

„Was machst du da?", wollte Clara eine viertel Stunde später wissen. Sie stand verschlafen, mit verwuschelten Haaren und im Pyjama in der Tür zum Esszimmer. „Das siehst du doch, ich decke den Frühstückstisch." „Aha.", kam es noch ein wenig verschlafen. Und von einem Gähnen halb verschluckt, „Für mich brauchst du echt nicht das gute Geschirr zu nehmen." „Ich weiß, für dich nicht." Claras Augen weiteten sich argwöhnisch. „Für wen denn sonst?" „Na rate mal." „Für Paula?" „Ich sag's ja immer meine Tochter ist super klug." „Also ich finde das geht ganz schön schnell. Seit gestern seid ihr zusammen und heute kommt sie schon zum Frühstück!" „Liebe Clara.", sagte Johannes und blickte seine Tochter erhaben an. „Erstens sind wir erwachsen und zweitens alt. Das heißt, wir dürfen und müssen das. Wir sind groß und haben nicht mehr so viel Zeit." Clara schüttelte resigniert den Kopf, grinste dann und verließ das Zimmer, nur um ein paar Minuten später wieder zurückzukommen. „Was machst du denn jetzt?", wollte Johannes wissen. „Nun, ich decke für mich und Clemens. Er kommt mit." „Und ich werde wohl überhaupt nicht mehr gefragt?" „Das hast du richtig erkannt, mein scheißkluger Paps.", Clara grinste und meinte dann. „Oh ich muss Dora Bescheid sagen, -Frühstück für vier-."

Eine Stunde später, saßen sie zu viert am Esstisch und butterten Brötchen, genossen Rührei, Kaffee und Tee. Es herrschte eine angenehme, fröhlich entspannte Atmosphäre. „Zeigst du mir mal das Schloss?", wollte Clemens an Clara gewandt wissen. Clara sah ihren Vater fragend an. „Meinetwegen.", antwortete der. „Aber schaut das ihr Artus oder Susanna nicht stört." „Susanna ist gestern mit Mike weggefahren und übers Wochenende nicht da." „Ok, und woher weißt du das?" „Dora.", war Claras knappe Antwort. „Und tue nichts, was ich auch nicht tun würde.", sagte er in strengem Ton. „Paula sah ihn fragend an? „Artus von Würmelshausen gehört das Herrenhaus, Susanna ist seine Enkelin, Mike ist der Chauffeur und Dora die Köchin.", sagte Johannes erklärend. „Und was sollen sie nicht tun?" „Na irgendeinen Unsinn anstellen." Damit gab Paula sich offenbar zufrieden, denn sie wendete sich wieder ihrem Kaffee zu. Clara und Clemens räumten bereits ihr Geschirr ab, als Paula Johannes fragte: „Zeigst du mir auch mal das Haus?" Eine viertel Stunde später streiften sie durch die Räume des Herrenhauses und ihre beiden Gäste kamen aus dem Staunen nicht heraus. Besonders die exotischen Salons hatten es Paula angetan. Im indischen Salon spielten Clara und Clemens Maha Radja und Maharani, wohin gegen mit getauschten Rollen, sich Paula und Johannes im arabischen Zelt wie ein Scheich und eine Scheicha gaben. Als sie zum sizilianischen Salon kamen, wunderte Johannes sich darüber, dass die Tür einen Spalt weit offenstand. Er öffnete sie und spähte hinein. Es war nichts zu sehen. „Oh, der Salon ist aber auch schön.", sagte Paula und wollte sich gerade auf einem der filigranen Sofas niederlassen, als ein jammerndes Geräusch sie zusammenzucken ließ. Clara, der zuerst klar geworden war, um welche Art von Geräusch es sich handelte, ließ ihren Blick durch das Zimmer streifen und sagte: „Basted, wo steckst du?" Die Antwort ließ nicht lange auf sich warten und ein klagendes Maunzen war zu vernehmen. „Wo steckst du denn?" „Da oben auf dem Schrank.", sagte Clemens und deutete auf die Katze, die ihren Kopf über den oberen Rand eines alten Schrankes steckte. „Wir müssen wirklich etwas tun, damit die Katze hier nicht immer rumstromert.", sagte Johannes, der den Ärger in seiner Stimme nicht völlig vertreiben konnte. „Komm runter, na komm schon.", sagte Clara sanft. Doch Basted traute sich offensichtlich nicht, sondern blickte nur auf sie herab und maunzte herzzerreißend. Johannes seufzte, nahm einen Stuhl stellte ihn vor den Schrank und kletterte darauf. „Na komm schon.", sagte er freundlich zu dem Tier. Wie er die Katze mit beiden Händen gegriffen hatte und sie von Schrank nahm, fiel sein Blick auf etwas, dass hier nicht hinzugehören schien. Was ist das denn, dachte noch, versuchte aber sich nichts anmerken zu lassen. Clara sah aber sofort, dass irgendetwas nicht stimmte. „Ist was Paps?" „Nein, alles in Ordnung." Um abzulenken, sagte er in Tonis italienischem Akzent und um einen Bezug, zu dem italienischen Ambiente, dass sie umgab, herzustellen. „Bei so vielen Bella Donna hier, werde ich noch ganz Karussell in die Kopfe." „Paps, Bella Donna ist das Gift der schwarzen Tollkirsche. Hier muss belle Donne heißen, Plural von schöne Frau, schöne Frauen." „Wer ist hier jetzt ein Klugscheißer? Oder gendergerecht eine Klugscheißerin?" Gespielt pikiert antwortete Clara „Aber Paps, was soll Paula denn nur von dir denken, bei solch einer Ausdrucksweise?" Paula konnte ein Lachen kaum unterdrücken. Und Clemens warf ein „Ich nehme an genau das Richtige?" „Was soll das denn jetzt heißen?", echauffierte sich Clara?" Clemens zuckte nur mit den Schultern und sagte kleinlaut: „Na ja, so ganz unrecht hat dein Vater ja nicht, oder?" „Also ehrlich.", sagte Clara völlig verdutzt, als Clemens nicht mehr an sich halten konnte und laut losprustete. „Jetzt erbe ich mal was von dir Paps und siehst du was es mir bringt. Nur Hohn und Spott." „Und hoffentlich gute Noten in der Schule.", antwortete Johannes grinsend. „Das hat sie. Clara ist mit Abstand die beste in der Klasse." „Du mein lieber Sohn, könntest die ein Beispiel an Clara nehmen und dich etwas mehr anstrengen." „Oh man Mama, nicht jetzt diese Elternnummer.", kam es etwas genervt von Clemens. „Komm Clara wir lassen unsere Erzeuger allein. Dann müssen sie sich nicht mehr zurückhalten." Kichernd nahm sie seine Hand, zog ihn in Richtung der Tür und meinte dann: „Und wir uns auch nicht." Dann waren sie verschwunden. Erwartungsvoll erhob sich Paula von ihrem Sofa und schritt würdevoll auf Johannes zu. „Was würdest du denn tun, wenn du dich nicht mehr zurückhalten müsstest?" „Och, da wüsste ich schon was.", antwortete Johannes in provokantem Ton, umfasste Paulas Talje und zog sich zu sich heran.

Als er sie wieder losgelassen hatte, lächelte sie und ihre Wangen waren rot angelaufen. „Sag mal, was war denn jetzt da oben auf dem Schrank?" „Wieso, was meinst du?" „Ich bin ja nicht blind, genauso wenig wie Clara. Du hast ganz erstaunt geschaut, als du die Katze vom Schrank gehoben hast." „Habe ich das?" „Ja das hast du. Also sag schon. Hat Basted eine Maus mit auf den Schrank geschleppt?" „Nein das war es nicht." In diesem Augenblick stieg Paula auch schon auf den Stuhl und sah auf den Schrank. Dort glänzte ein verchromter Hebel mit einem Griffstück am Ende. Noch bevor Johannes sie davon abhalten konnte, zog sie leicht an dem Hebel. Sie wäre beinahe vom Stuhl gefallen, als einen Augenblick später, die Schranktür aufsprang und gegen den Stuhl stieß. Mit einem kurzen, spitzen Schrei sprang sie vom Stuhl. „Was ist das denn für ein blöder Scherz? Ich habe mich zu Tode erschreckt!" Johannes spähte in den Schrank. Das ist also der Mechanismus für dieses Zimmer gewesen. Danke Basted, dachte er und konnte ein Lächeln nicht unterdrücken. Als Paula es ihm gleichtat und in den Schrank blickte, fragte sie erstaunt: „Was ist denn das?" Johannes seufzte. „Das ist eine lange Geschichte. Bevor ich sie dir aber erzähle, musst du mir beim Leben deines Sohnes hier und jetzt schwören, dass alles, was du gesehen hast, und was du noch sehen wirst und ich dir noch erzählen werde, für dich behältst." „Ja, ist ja gut. Ich werde nichts erzählen." „Sorry.", sagte Johannes, „Dass ich so darauf herumreite, aber es ist wirklich nicht ohne. Wenn das rauskommt, dann könnte es mich meinen Job kosten." Paula nickte verstehend. „Komm mit ich zeige dir was." Sie stiegen in die Fahrstuhlkabine. Johannes drückte auf den Knopf, die Türen schlossen sich und der Aufzug fuhr an. Sie betraten den kleinen Raum, nachdem sich die Fahrstuhltür geöffnet hatte. Etwas verwundert sah sich Paula um. „Ich verstehe nicht ganz.", sagte sie zögernd. „Es geht um das da." Johannes deutete auf ein Gemälde und sagte leise, mehr zu sich selbst. „Das ist also das Konzert." Auf dem Bild, waren drei Personen abgebildet, die offensichtlich musizierten. „Das ist ein altes Bild! Ist es wertvoll?" „Keine Ahnung, ich verstehe nichts von Bildern." „Ich auch nicht.", antwortete Paula. „Lass uns wieder in meine Wohnung gehen, dann erzähle ich dir alles.

Als Johannes eine Stunde später Paula die Geschichte in allen Einzelheiten erzählt hatte, nickte sie nur und sagte: „Ich verstehe, warum ich nichts erzählen darf. Der Freiherr hat seine wertvollsten Kunstschätze in diesen versteckten Zimmern untergebracht und will das offensichtlich geheim halten. Ob diese fiese Susi etwas davon weiß?" „Das glaube ich nicht.", bekam sie zur Antwort. „Ansonsten wären das Taschenmesser, der Ring und die Uhr bestimmt schon verschwunden. Und sie hätte diese Dinge bereits zu Geld gemacht. Artus kommt alleine nicht mehr in diese Räume. Er kann ja alleine nicht mal den Treppenlift benutzen. Selbst dafür benötigt er bereits Hilfe. Er könnte also nicht überprüfen, ob die Sachen noch da wären. Das weiß auch Susanna." „Verstehe.", sagte Paula. „Du hast sicher Recht. Und was willst du jetzt machen?" „Was meinst du?" „Willst du dem Alten nicht sagen, dass du die Geheimnisse entdeckt hast?" „Eigentlich nicht. Ich möchte nicht, dass er denkt, ich spioniere hier herum." „Es war aber doch eher eine Mischung aus Zufall und deine Kombinationsgabe, die dazu geführt hat, dass du die Geheimverstecke gefunden hast." Johannes grinste schief. „Und eine gehörige Portion Neugier." „Das mag sein." In diesem Augenblick kamen Clara und Clemens zur Tür herein. „So ernst Paps? Ich dachte wir überraschen euch beim Knutschen." „Das überlassen wir lieber euch beiden." „Wenn ich so darüber nachdenke.", entgegnete Paula, „Warum eigentlich nicht?" Sie beugte sich zu Johannes und küsste ihn. „Boah Mama du bist echt peinlich. Ich glaube wir gehen besser in dein Zimmer." „Ich hoffe ihr macht da nicht zu viele peinliche Sachen.", sagte Paula und küsste Johannes noch einmal.

„Und du glaubst wirklich, dass Susanna ihren Großvater ins Jenseits befördern möchte?" „Sicher bin ich mir nicht. Aber das mit dem Kabel und der Sache mit dem Herzmittel, war schon seltsam. Außerdem hat Clara mitbekommen, wie Susi so etwas zu Mike gesagt hat." „Wer ist denn dieser Mike Bronner überhaup.?" „Das sagte ich doch schon, der Chauffeur. Er arbeitet auch noch nicht so lange hier. Er fährt Artus zum Arzt und Susanna zum Shopping, oder was auch immer sie sonst so macht. Jetzt ist sie jedenfalls gerade übers Wochenende verreist und Mike chauffiert sie." „Aha verstehe.", sagte Paula und sah Johannes verschmitzt an. „Oh, schon so spät.", sagte sie, nachdem sie auf ihre Uhr gesehen hatte. „Ich muss jetzt los. Ich muss noch in die Werft, ein Kunde kommt nachher und will sein Boot abholen. Und einkaufen will ich auch noch etwas." „Sehen wir uns heute nochmal?" „Wenn du magst, heute Abend?" „Neunzehn Uhr?" „Das passt, ich freu mich."

Kapitel 10

Nachdem Johannes ein wunderschönes, entspanntes und frisch verliebtes Wochenende erlebt hatte, begann der Montag mit einem Paukenschlag. Er hatte gerade seinen morgendlichen Rundgang begonnen, als mit Sirene und Blaulicht ein Krankenwagen vor dem Herrenhaus hielt. Kurz darauf wurde Artus auf einer Trage herausgebracht und anschließend in den Krankenwagen verladen. Kurz bevor die Türen geschlossen wurden, winkte er Johannes noch einmal heran und hauchte „Sie wissen was sie mir versprochen haben." Die Türen schlossen sich und der Wagen fuhr davon. Etwas später saß Johannes bei Dora in der Küche und ließ sich von ihr erzählen, dass Artus heute am frühen Morgen, als sie ihm das Frühstück bringen wollten, kaum ansprechbar war und nicht aufwachen wollte. Sie hatte daraufhin einen Krankenwagen gerufen, da Susanna noch nicht zuhause war, war ihr nichts anderes übriggeblieben.

„Der arme Artus. Er hat gar nicht gut ausgesehen." Johannes versuchte sie zu beruhigen. „Das wird wieder. Er hat mir noch letzte Woche gesagt, dass er ein zäher, alter Knochen sei." Dora schniefte in ihre Schürze. „Wenn Artus nicht mehr kommt, werden wir alle nichts mehr zu lachen haben." „Wie kommst du darauf?" „Ich habe am Freitag Susanna dabei belauscht, wie sie zu Mike sagte, dass sie diese verrottete, alte Bude sofort verscheuert, wenn der Alte verreckt ist. Aber vorher würde sie den ganzen Plunder, der hier drin ist, zu Geld machen. All diese hässlichen, monströsen Dinge, wie den blöden Löwen und den Buddha würde sie sofort entsorgen lassen." Dann fing Dora richtig an zu weinen. „Und dann hat sie gesagt, sie würde uns alle rausschmeißen." „So schnell geht das alles nicht.", antwortete Johannes. „Wir haben ja schließlich einen Arbeitsvertrag." „Ich bin schon so lange hier, ich bekomme in meinem Alter doch keine andere Arbeit mehr.", klagte sie weiter. Johannes nahm sie in die Arme. Von heftigen Schluchzern geschüttelt kam es gequält von ihr: „Und sie hat gesagt, ich sei eine fette, alte Kuh und mein Essen wäre selbst für die Schweine zu schade."

Es hatte eine ganze Weile gedauert, bis Johannes Dora wieder beruhigt hatte. Der Tag war in einer seltsamen Stimmung verlaufen. Besonders nachdem Susanna zurückgekommen war und von Artus Abtransport erfahren hatte. Sie war herumstolziert und tat so, als würde ihr das Herrenhaus schon gehören. Die Lage war eskaliert, als Johannes einen Alarm auf sein Smartphone bekam. Ein Bild im Flur des Obergeschosses war bewegt worden. Er ahnte schon, was geschehen war. Und wie er es bereits vermutet hatte, kamen ihm Susanna und Mike entgegen, Mike mit einem Bild unter dem Arm. Einen akustischen Alarm vernahm Johannes seltsamerweise nicht.

„Was wird das?", wollte Johannes wissen. „Das geht sie nichts an.", bekam er schnippisch von Susanna zur Antwort. „Das denke ich aber schon. Er stellte sich den beiden in den Weg. „Herr von Würmelshausen hat mich heute Morgen, bevor er ins Krankenhaus kam, damit beauftragt das kein Gegenstand, ohne sein Wissen das Haus verlässt." „Das ist doch die Höhe. Wollen sie mir jetzt verbieten, dass ich das Bild mitnehme?" „Sie haben es erfasst." An Mike gewandt fügte er hinzu. „Darf ich dann um das Bild bitten?" Ratlos sah Mike

Susanna an. „Das wird Konsequenzen haben, das verspreche ich ihnen. Sie sind der Erste, der rausfliegt, wenn der Alte unter der Erde ist. Darauf können sie Gift nehmen!" „Mag sein. Im Moment aber lebt der Freiherr noch und ist damit der Eigentümer dieses Bildes. Und wie bereits gesagt, nichts verlässt das Haus, ohne mein Einverständnis." Als Mike noch immer zögerte, nahm ihm Johannes das Bild aus den Händen und ging an ihm vorbei. Als er die Stelle erreicht hatte, an dem das Bild zuvor hing, fand er den Alarmsensor zertreten auf dem Fußboden vor.

Als Johannes abends mit einem Glas Wein bei Paula auf der Terrasse saß, war seine Stimmung nach wie vor gedrückt. Er hatte Paula in allen Einzelheiten darüber berichtet. Ein wenig hatte es ihm Erleichterung gebracht, sich über Susis Gebaren zu beschweren. Trotzdem blieb ein übler Nachgeschmack. Dieses beklemmende Gefühl blieb ihm auch die nächsten Tage erhalten. Das Einzige was ihn zeitweise ablenkte, war die Arbeit am Boot. Er konnte mit Paula zusammen sein und genoss es, mit ihr zusammen in entspannter Atmosphäre zu schleifen, zu lackieren und das Boot fertig zu machen. Am Freitagnachmittag waren es vollendet. Sie hatten vereinbart, dass Paula ihn abholen würde und sie das Boot am Samstag, gemeinsam über den See zurück zum Herrenhaus segeln würden. Johannes könnte sie dann, mit seinem Auto zurück nach Warnitz fahren. Clara war nicht begeistert davon gewesen, als Johannes sie davon in Kenntnis setzte, dass er von Freitag auf Samstag bei Paula übernachten würde. „Wieso darfst du das und ich nicht?", hatte sie gemault. „Weil ich ein despotischer Vater bin, ein Pascha und natürlich kein Verständnis. für die Bedürfnisse meiner Tochter habe. Reicht das als Antwort?" Dieses Mal hatte Clara nichts erwidert, hatte nur einen beleidigten Abgang hingelegt und mit der Türe geknallt. Johannes war dabei leicht zusammengezuckt und grinste schelmisch.

Der Samstag war ein Tag wie aus dem Bilderbuch. Früher hätte man Kaiserwetter dazu gesagt. Kleine Wattebauschwolken zogen über den Himmel und ein sanfter Wind kräuselte die Wasseroberfläche des Sees. Mit flotter Fahrt glitten sie über den See auf das Herrenhaus zu, dass von der Seeseite einen erhabenen Anblick bot. „Schau mal, wer winkt uns denn da zu?", fragte Paula Johannes. Dieser beugte sich so weit aus dem Boot, dass er am Segel vorbeischauen konnte. „Oh das ist Artus! Er ist wieder da!" Etwa 10 Minuten später, hatten sie das kleine Segelboot am Steg neben dem Bootshaus festgemacht. Auf dem Weg zu Johannes Wohnung lief ihnen Susanna über den Weg. Als sie Johannes erkannte, verengten sich ihre Augen und ihr Mund wurde zu einem Strich. „Wer ist das?", wollte sie in scharfem Ton wissen, als sie sich erreicht hatten. „Nun, das ist meine Freundin, etwas dagegen?" „Ich möchte nicht, dass hier Fremde ein und ausgehen." „Ich glaube nicht.", entgegnete Johannes und er hatte Mühe die Wut in seiner Stimme zu kontrollieren, „Dass sie das etwas angeht, Frau von Würmelshausen, wer hier meine Gäste sind." „So, meinen sie das? Ich wünsche nicht das sich diese Person hier herumtreibt!" Sie deutete mit ihrem Finger und einem verächtlichen Gesichtsausdruck auf Paula „Was sie wollen oder wünschen, ist mir in diesem Zusammenhang völlig gleichgültig. Ich wohne schließlich auch in diesem Haus. Daher habe ich jedes Recht, hier Gäste zu empfangen." Mit einem, „Mal sehen, wie lange noch.", ließ sie ihn stehen und ging davon." „Was war das denn jetzt? Was bildet sich diese Person ein, so über mich zu reden?", wollte Paula wissen und sah Johannes mit fragend aggressivem Blick an. „Na kannst du dir das nicht denken?" Paulas Gesicht hellte sich nach einem kurzen Augenblick des Nachdenkens auf. „Ah, das war dann wohl diese Susi, oder nicht?" „Genau." „Das ist ja vielleicht ein Biest." Inzwischen lag unverhohlene Wut in Paulas Stimme. „Biest ist aber eine sehr freundliche Umschreibung. Ich werde bei Gelegenheit mit Artus darüber sprechen."

Die Gelegenheit dazu, ergab sich noch am gleichen Tag, da Toni ihm mitteilte, dass Artus, ihn falls möglich, noch kurz sprechen wollte. Er wisse zwar, dass es Samstag sei und er frei habe. Falls er, Johannes, es einrichten könnte, würde der Freiherr sich freuen, wenn er ihn für ein kurzes Gespräch aufsuchen würde. Er konnte es natürlich einrichten. Artus meinte er fühle sich besser, als er aussähe. „Das kleine Boot haben sie sehr schön in Stand gesetzt.", sagte der alte Mann und lächelte. „Ich habe es mir von der Terrasse aus, mit meinem Feldstecher angesehen. Eine hervorragende Arbeit. Ich freue mich darüber, dass sie dem Boot und wie ich annehme auch dem Bootshaus, wieder zu altem Glanz verholfen haben. Hat das Boot bereits einen Namen?", „Nein Artus, das hat es nicht." „Was halten sie davon, wenn sie sich bis morgen einen Namen ausdenken und ihre reizende Tochter morgen Nachmittag, vielleicht so gegen 16:30 Uhr die Taufe vornimmt. Wir könnten uns vorher unten am Bootshaus zu Kaffee und Kuchen treffen. Ich meine nur, wenn sie nicht anderes vorhaben natürlich." „Das lässt sich bestimmt einrichten. Ich werde gleich mit Clara darüber sprechen." „Ach wie schön. Und bringen sie ihre entzückende

Aurora

Freundin, so wie sie Hand in Hand gegangen sind,
darf ich doch annehmen, dass die hübsche Dame
von der Werft ihre Freundin ist, doch bitte auch mit.
Und ihren Sohn natürlich auch. Ich habe Leuten
hören, dass er mit Clara befreundet ist?" Ohne eine

Antwort von Johannes abzuwarten, fuhr Artus fort: „Wissen sie Johannes, mir bleibt nicht mehr viel Zeit, haben die Ärzte im Krankenhaus gesagt. Ich werde von Tag zu Tag schwächer. Ich bin einfach am Ende meiner Tage hier auf Erden angekommen. Nun müssen bald meine Nachfolger hier übernehmen." Johannes hatte ein befremdliches Gefühl in der Magengegend, als Artus ihn fragte. „Wie hat sich eigentlich meine Enkelin während meiner Abwesenheit verhalten? War alles so, wie es sich gehört?" Als Johannes erst einmal nichts sagte und Artus sofort bemerkte, dass sein Verwalter mit sich rang, fuhr er fort, „Nur heraus damit?", Johannes fasste sich ein Herz und berichtete von dem Vorfall mit dem Bild und erzählte Artus auch darüber, wie Susanna Paula behandelt hatte.

Artus sah resigniert zu Boden und sagt: „Danke, dass sie so offen zu mir waren. Es ist bestimmt nicht leicht für sie, ihre mögliche zukünftige Arbeitgeberin bei mir anzuschwärzen. Umso mehr bin ich ihnen zu Dank verpflichtet, lieber Johannes, dass sie mit der Wahrheit nicht hinterm Berg gehalten haben. Wie dem auch sei, ich freue mich auf unsere kleine Zeremonie morgen Nachmittag." Johannes war im Anschluss zu Dora gegangen, die begeistert Pläne für die Kaffeetafel am nächsten Tag, geschmiedet hatte. Auch Toni hatte er aufgesucht. Er bat ihn einige Tische aufzustellen und diese festlich mit Tischtüchern zu schmücken. Er musste in sich hineinlächeln, als er auf dem Weg zurück zu seiner Wohnung darüber nachdachte, dass Toni doch sehr geschwätzig ist und Artus sicher von allem was er mitbekam erzählte. Woher sollte der Alte sonst so viel wissen.

Kurz darauf begrüßte er Paula und Clara, die gemeinsam vor dem PC in Johannes Arbeitszimmer saßen. „Ich muss euch etwas erzählen.", sprudelte Johannes sofort hervor. „Artus möchte das du liebes Töchterlein, morgen Nachmittag ganz hochoffiziell eine Bootstaufe vornimmst und die Segeljolle taufst. Wir müssten uns dafür noch einen Namen ausdenken. Und du liebe Paula und Clemens, seid auch ganz offiziell dazu eingeladen. Ich war schon bei Dora und Toni, sie bereiten alles vor. Was meint ihr, das ist doch supernett von Artus?" Doch irgendwie erzielten seine Worte nicht die gewünschte Wirkung. „Was ist denn? Freut ihr euch denn gar nicht oder habt ihr schon was anderes vor?" „Nein das ist es nicht.", antwortete Paula und Clara fügte hinzu „Schau dir das mal an Paps, es ist wegen Susanna." Johannes beugte sich nach vorne, damit er sehen konnte, was dort auf dem Computermonitor angezeigt wurde und begann zu lesen.

Der nächste Tag begann mit einem gemütlichen Frühstück, dass Johannes bei Paula genossen hatte. Er war die Nacht über bei ihr geblieben, was Clara nur mit einem beleidigten Blick und der Bemerkung „Ich bin noch ein Kind, du kannst mich nicht jede Nacht allein lassen.", quittiert hatte. Das Johannes darauf hingewiesen hatte, dass noch andere Menschen im Hause sind, falls der schwarze Mann kommt, hatte Claras Laune nicht verbessert.

Paula, Clara und Johannes hatten sich tags zuvor noch lange, über das am Computer gelesene, unterhalten. Jetzt war er auf dem Weg zum Herrenhaus, um mit Clara darüber zu sprechen, wie die Taufe vor sich gehen sollte. Sie einigten sich auf den Namen -Aurora-, die Morgenröte, die ja symbolisch für den neuen Tag und in ihrem Fall für den neuen Lebensabschnitt ihres Bootes stand. Sie machten sich dann noch daran, sich einen schönen Taufspruch auszudenken und später dann ging Johannes hinunter zum Bootshaus. Dort wienerte er das Boot auf Hochglanz und Toni hatte von irgendwo her passende Klebebuchstaben für den Namenszug besorgt. Johannes hatte nur den Kopf geschüttelt und Toni danach befragt, wie er das denn gemacht hatte, worauf Toni verkündet hatte, dass er nicht alle seine kleinen Geheimnisse preisgeben würde. Johannes hatte sich ein Grinsen nicht verkneifen können und gedacht und ich dir meine auch nicht.

Um 15:30 Uhr traf sich dann die kleine Gesellschaft am Bootshaus. Das Wetter war gut und die Temperaturen angenehm. Artus war über den Treppenlift ins Erdgeschoss gebracht worden und nun mit dem Rollstuhl bis ans Bootshaus gefahren. Alle hatten sich in Schale geworfen. Clara, trug ein Sommerkleid und hatte sich die Haare gemacht. Paula sah ebenfalls bezaubernd aus. Johannes hatte sich für einen hellen Sommeranzug entschieden. Artus war der gleichen Meinung gewesen, lediglich sein Anzug schien ihm ein wenig zu groß zu sein. Und selbst Toni trug einen Anzug. Dora hingegen, war mit einem schwarzen Kleid bekleidet, vor das sie sich eine weiße, gestärkte Servierschürze gebunden hatte. Nachdem die Kuchenteller geleert und der Kaffee ausgetrunken war, ließ der Freiherr Champagner servieren und hielt eine kleine Ansprache, in welcher er Johannes und Paulas Arbeit in Bezug auf das Boot lobte. Er bedankte sich bei Johannes dafür, dass er das alte Bootshaus in Schuss gebracht hatte und bei Dora und Toni für die Vorbereitung dieses kleinen Festes. Er teilt den Anwesenden mit, das Susanna sich entschuldigen ließ, da sie für den heutigen Tag schon eine andere Verabredung angenommen hatte. Mike hatte sie gefahren, was auch erklärte warum der Chauffeur nicht zugegen war. „Ich glaube es wird Zeit, dass ich jetzt das Wort an die Taufpatin des Bootes übergebe. Nach altem Brauch wird das Boot mit Champagner getauft, wobei es denke ich genügt, wenn du den aus deinem Glas nimmst, liebe Clara." Dabei gab er Dora ein Zeichen, dass sie Claras Glas noch einmal auffüllen sollte. Würdevoll schritt Clara bis zu dem Boot, das am Steg schaukelte, hinüber und stellte sich so hin, dass alle anderen sie sehen konnten. Sie hatte den kleinen Taufspruch auswendig gelernt und sprach: „Einen Schluck gönnen wir Neptun, dem römischen Gott aller Pfützen, Tümpel, Teichen und Seen. Möge er diesem Boot immer eine Handbreit Wasser unter dem Kiel sichern. Einen weiteren Schluck Poseidon, dem griechischen Gott des Meeres. Möge er mit seinem Dreizack die Ozeane für dieses Boot besänftigen. Einen dritten Schluck für Rasmus, dem römischen Gott der Winde. Möge er berücksichtigen, dass dieses Boot Segel hat. Einen Schluck für den Klabautermann. Möge er sich aufs Helfen beschränken und keinen Schabernack an Bord treiben. Und zum guten Schluss, einen kräftigen Schluck auf alle hier Anwesenden. Somit taufe ich dich auf den Namen Aurora. Ich wünsche die allzeit gute Fahrt und immer eine Handbreit Wasser unter dem Kiel." Anschließend stießen sie miteinander an. Dora passte wie ein Schießhund darauf auf, dass Artus nicht zu viel trank. Es war ein schöner Nachmittag, der mit einem noch schöneren Abendessen, das im Remter serviert wurde, seinen Abschluss fand. Als das Essen beendet war, löste sich die kleine Gesellschaft auf. Man verabschiedete sich. Paula und Clemens bedankten sich bei Artus für den schönen

Nachmittag und das vorzügliche Abendessen und fuhren zurück nach Warnitz. Toni und Dora waren bereits verschwunden, und beseitigten die Spuren der Taufe und des Abendessens und Clara suchte mal wieder Basted.

„Würden sie mir vielleicht noch nach oben helfen?", erkundigte sich Artus. Johannes half ihm in den Treppenlift und oben angekommen wieder in den Rollstuhl. Artus plumpste ächzend und schwer hinein. Johannes schob Artus zur Wohnungstür. „Wollen wir noch einen Absacker nehmen.?", fragte Artus und zwinkerte Johannes zu. Eigentlich war das sicher nicht gut für Artus, wenn er zu viel Alkohol trank, dachte Johannes. Für sein schwaches Herz und seinen ausgezehrten Körper war das sicher eine Belastung. Artus der bemerkt hatte, dass Johannes nicht so genau wusste, wie er reagieren sollte fügte hinzu: „Ein kleines Schlückchen wird mich nicht umbringen. Und wenn doch, dann sterbe ich wenigstens nicht im Krankenhaus." Johannes lächelte, öffnete die Tür und schob Artus hinein. Er war noch nie zuvor in der Privatwohnung des Freiherrn gewesen. Der Wohnraum war mondän, aber gemütlich und edel eingerichtet. Ein surrealistisches Gemälde hing über einem hellen Ledersofa und zog die Blicke auf sich. Artus bat Johannes, ihm einen Portwein zu bringen und deutete auf einen kleinen Barschrank. Johannes selbst, hatte sich für einen Sherry entschieden. „Setzen sie sich Johannes, setzen sie sich.", sagte der Alte und deutete auf einen eleganten Ledersessel, welcher neben dem Sofa stand. Johannes setzte sich und sein Blick wurde abermals von dem Gemälde ihm gegenüber an der Wand angezogen. „Gefällt es ihnen? Es ist eine Originalfarbradierung von Dali." Johannes nickte. Er hätte es sich wahrscheinlich nicht übers Sofa

gehängt, fand es aber nicht unattraktiv. „Ja.",
antwortete er daher, „Es gefällt mir gut." „Ach ja die
Kunst. Es gibt schon Bilder, die ich noch einmal
gerne betrachten würde, bevor ich gehe. Bisher habe
ich es noch niemandem gesagt, aber die Ärzte im
Krankenhaus geben mir nicht mehr lange. Mein
Herz ist zu schwach." Im gleichen Augenblick hob er
das Glas mit dem schimmernd roten Portwein an die
Lippen. Als er Johannes erschrockenen Blick sah,
lächelte Artus und sagte: „Der Portwein stärkt, keine
Angst.", und zwinkerte Johannes verschwörerisch
zu. „Welches Bild würden sie denn gerne noch
einmal sehen?" Er erinnerte sich daran, was ihm
Artus gesagt hatte, als er das letzte Mal wegetreten
war. Artus seufzte und winkte ab. „Das spielt keine
Rolle. Es ist ohnehin aussichtslos." Der Freiherr sah
in diesem Augenblick unglaublich traurig aus. Er
tat Johannes sehr leid. Der arme Kerl dachte er. Im
Grunde ist es doch egal, was soll schon passieren.
Vielleicht wirft er mich raus. Und wenn nicht, dann
tut es seine Enkelin, sobald Artus nicht mehr unter
uns ist. „Ich glaube ich kann ihnen helfen.", begann
Johannes zögernd. Artus von Würmelshausen hob
fragend die Brauen. „Ich muss ihnen sicher nicht
erzählen, dass dieses Haus das ein oder andere
Geheimnis birgt." Artus sah ihn jetzt forschend an.
„Was würden sie sagen, wenn ich ihnen dabei
behilflich bin und sie das Konzert noch einmal
ansehen könnten?" Jetzt klappte Artus den Mund
auf und zu, ohne allerdings etwas zu sagen, bevor
er sich wieder fing. Es bildete sich eine tiefe Falte
zwischen seinen Augen. „Sie haben also etwas
herausgefunden?", Die Falte verschwand und ein
Lächeln breitete sich über das alte Gesicht aus.
Johannes räusperte sich und begann: „Stimmt das
habe ich in der Tat." Jetzt lächelte auch Johannes.
„Und sie waren derjenige, der mich auf die Spur

gebracht hat." Johannes erzählte vom ersten Mal, als Artus in den Stupor verfiel und ihm quasi das Geheimnis des afrikanischen Zimmers verriet. Wie er dann den Speer des Königs von Buganda drehte, wie sich der Fahrstuhl öffnete und er letztlich den Giacometti fand. „Woher wissen sie eigentlich, dass die Statue im afrikanischen Salon der König von Buganda ist?", wollte Artus wissen. Johannes fuhr fort und berichtete Artus von seinen Gesprächen mit Toni, von dem er die Geschichten rund um die einzelnen Zimmer erfahren hatte. „Ach ja.", sagte Artus lächelnd. „Der gute alte Toni. Er trägt sein Herz auf der Zunge spazieren. Er redet gerne." „Das stimmt wohl.", meinte Johannes und sah Artus prüfend an. „Er erzählt auch ihnen gerne Geschichten, nicht wahr?" „Allerdings. Er ist meine Augen und meine Ohren. Wie sollte ich sonst in meinem Zustand an irgendwelche Informationen gelangen?" Johannes nickte verstehend. Er berichtete dem Freiherrn davon, wie er dann wiederum mit Artus Hilfe das Geheimnis mit den Ohren im indischen Zimmer gelüftet und die alte Kommode entdeckt hatte. „Soso, die haben sie also auch entdeckt. Und?" „Was meinen sie?" Der alte Mann grinste und meinte nur: „Ach nichts, schon gut. Und weiter? Was haben sie sonst noch herausgefunden?", fragte Artus verschmitzt. „Über die Liste der zu sichernden Gegenstände und was sie darauf gestrichen haben, bin ich hinter die Geheimnisse im chinesischen und arabischen Salon und im Rittersaal gestoßen." „Sie sind ja ein richtiger Detektiv! Das haben sie gut gemacht. Und wie war das mit dem sizilianischen Zimmer?" „Das war Basted. Sie war auf den Schrank geklettert und beim Herunterheben, habe ich den Hebel gesehen. Der Rest war nicht schwer." Artus sah Johannes eine Weile eindringlich an. Johannes wurde es unbehaglich zu Mute. „Dann habe ich keine gute Arbeit geleistet.", sagte der Freiherr. Plötzlich begann er zu lachen. „Wenn es nur eine Katze braucht!" Er schlug sich vor Lachen auf die Schenkel. Doch plötzlich wurde er sehr ernst. „Meinen sie, sie können für mich den Mechanismus betätigen, damit ich zum sizilianischen Fenster hinauffahren kann?" Zehn Minuten später, hatte Johannes den Freiherrn mithilfe des Treppenliftes nach unten gebracht, den Mechanismus betätigt und war mit ihm nach oben gefahren. Artus war vor das Bild gerollt und betrachtete es mit glasigem Blick. Dann fuhr er näher heran und flüsterte „Das Konzert, wie schön." Fast zärtlich berührte er das Bild. „Danke lieber Johannes, vielen Dank. Das war noch einmal sehr wichtig für mich." Artus schien in diesem Augenblick sehr glücklich zu sein. Was es wohl mit dem Bild auf sich hat, dachte Johannes noch und fragte Artus „Möchten sie die anderen Geheimräume auch noch besuchen?" Artus schüttelte leicht den Kopf. „Nein heute nicht mehr, ich bin etwas müde. Ein Ander Mal vielleicht." Johannes hatte Artus gerade zurück in die Wohnung gebracht, da fragte ihn der Freiherr: „Sagen sie Johannes, kennt meine Enkelin die Geheimnisse?" „Ich glaube nicht, es ist ja noch alles da, was sie verborgen haben." Schlagartig wurde ihm bewusst, was er mit dieser Aussage im übertragenen Sinne unterstellt hatte. „Kein Problem.", sagte Artus beschwichtigend. „Aus dem gleichen Grund, an den sie gerade gedacht haben, habe ich meine Frage gestellt." „Jetzt da sie Susanna erwähnt haben, ist es denke ich an der Zeit, dass ich ihnen noch etwas über sie erzähle. Wenn das für sie in Ordnung ist, oder sind sie zu müde?" „Nein, es geht schon. Ich sollte in meinem Zustand nichts auf die lange Bank schieben." „Gut.", sagte

Johannes, setzte sich auf den Sessel, auf dem er schon zuvor gesessen hatte und begann dem Freiherrn zu erzählen.

Das Konzert

Kapitel 11

Die Tage vergingen. Seit der Bootstaufe hatte sich das Wetter deutlich verschlechtert. Es regnete oft, die Temperaturen waren gefallen und ein böiger Wind fegte über den See. Der Herbst kündigte sich an. Selbst zum Segeln war das Wetter zu schlecht, oder mit anderen Worten hatte Johannes zu Paula gesagt, dass er eigentlich ein Schönwettersegler sei. Worauf Paula meinte, dass man ja bei schlechtem Wetter auch andere Dinge wie zum Beispiel am Wochenende lange im Bett liegen bleiben, machen könnte. So war es auch, als am darauffolgenden Sonntag, gegen halb Zehn sein Smartphone vibrierte und damit ein einkommendes Telefonat signalisierte. „Ja?", sagte Johannes verschlafen und lauschte. „Plötzlich richtete er sich schlagartig auf und war hellwach. „Was ist passiert?" Er hörte weiter zu. Inzwischen war auch Paula aufgewacht und sah ihn fragend an. Nachdem Johannes aufgelegt hatte, sprang er aus dem Bett, zog sich rasch an und sagte knapp: „Es ist was mit Artus. Ich muss ins Krankenhaus." „Soll ich mitkommen?" „Gerne, beeile dich bitte."

Fünfundzwanzig Minuten später fragten sie am Empfang des Prenzlauer Kreiskrankenhauses in der Stettiner Straße nach Artus. Er läge auf der Intensivstation, wurde ihnen mitgeteilt. Sie warteten zusammen auf dem Gang vor der Station. Eine viertel Stunde später trafen auch Toni und Dora ein. „Wo ist Susanna?", wollte Johannes wissen. „Diese Donna malvagia, wartet lieber zuhause, hat sie gesagt." Fast zwei Stunden später kam ein Arzt zu ihnen. „Er hatte wieder einen Infarkt. Wir haben ihn operiert. Er ist sehr schwach. Wir müssen die Nacht abwarten. Es ist besser, wenn sie jetzt nach Hause fahren."

Die kleine Gesellschaft saß noch lange in Doras Küche und unterhielt sich mit gedämpften Stimmen. Jeder wusste etwas Nettes, oder besonderes über Artus beizutragen. Dora kullerten des Öfteren dicke Tränen über die Wangen und Toni sprach dem Vino Rosso reichlich zu, was ihn immer leutseliger werden ließ. So erfuhren sie auch das letzte Woche der Avvocato di Famiglia Marquardt, der ein alter Freund des Freiherrn war, den alten Herrn mehrfach besucht hatte. Es wurde wild darüber spekuliert, aber Johannes war klar, dass Artus seine Angelegenheiten regelte.

Am nächsten Morgen fuhren sie zu viert, Susanna hatte ihre Meinung nicht geändert, zu Artus ins Krankenhaus. Clara jedoch, hatte es sich nicht nehmen lassen und war mitgekommen. Er war ansprechbar, sah aber fürchterlich aus. Fahl im Gesicht, das noch eingefallener wirkte als sonst, das verbliebene graue Haar, vom Liegen zerdrückt und wirr abstehend, mit dunklen Ringen unter den Augen, war er zu schwach zum Sprechen. Sie legten ihm die Hand auf die Schulter, hielten ihm die Hände und redeten aufmunternd auf ihn ein.

Dora konnte wie zuvor schon ihre Tränen nicht unterdrücken und auch Toni verdrückte die ein oder andere. Dann schloss Artus die Augen, er seufzte tief. Der Ausschlag des Herzmonitors wurde zu einer geraden Linie. Schwestern und Ärzte stürmten ins Zimmer, das die anderen schleunigst verließen.

Eine viertel Stunde später teilte ihnen einer der Ärzte mit, dass Artus seine letzte große Reise angetreten hatte. Er war tot.

Die Stimmung im Herrenhaus war wie zu erwarten gewesen war, auf ihrem Tiefpunkt angelangt. Dora und Toni jammerten unablässig darüber, was nun aus ihnen werden sollte. Sie seien doch schon so alt und wenn sie jetzt, da Artus nicht mehr war fortmüssten, wüssten sie nicht wohin. Johannes hatte ein ähnliches Problem. Ein wenig Zeit hatte er gewonnen, nachdem er einen Brief von Rechtsanwalt Marquardt bekommen hatte, in welchem ihm mitgeteilt wurde, dass seine Probezeit vorzeitig beendet wurde und er somit nun in ein unbefristetes Arbeitsverhältnis übernommen worden war.

Die Einzige, die sich zu freuen schien, war Susanna. Sie stolzierte im Herrenhaus umher, wie eine Prinzessin und schon am nächsten Tag war ein Kunstsachverständiger gekommen und begann damit, die einzelnen Gegenstände für eine Auktion zu taxieren. Die Beerdigung rückte näher. Susanna hatte entschieden, dass diese nur in kleinem Kreise stattfinden sollte. Toni berichtete, dass er gehört hatte, wie sie zu Mike sagte, dass diese Beerdigung doch ohnehin nur Geld kostet, ihr Geld. Das sah alles nicht gut für die Angestellten aus. Die Beerdigung fand an einem nebligen Tag statt. Viele Menschen waren tatsächlich nicht anwesend. Neben den Hausangestellten und deren direkten Freunden, nur noch einige Gemeindevertreter die sichtlich darum bemüht waren herauszubekommen, was Susanna zukünftig mit dem Herrenhaus vorhatte. „Diese Schlange.", zischte Clara Dora zu, als sie Susanna zu jemandem

sagen hörte, dass sie alles so belassen würde, wie es war. „Die lügt doch, wenn sie den Mund aufmacht.", flüsterte Dora erbost zurück. Seitdem Dora belauscht hatte, was Susanna über sie und ihre Kochkünste gesagt hatte, hielt sie sich mit Spott und Häme gegenüber Susanna nicht mehr zurück.
Artus hatte sich vor seinem Hinscheiden für eine Urnenbestattung entschieden. Toni hielt eine kurze Ansprache, während derer er ständig von Schluchzern geschüttelt wurde.
Interessanterweise kamen Kondolenzschreiben aus aller Welt. Eines sogar vom derzeitigen König von Buganda.

Kurz nach der Beerdigung fand Johannes einen Brief von Rechtsanwalt Marquardt in seinem Briefkasten. Er und auch seine Tochter Clara wurden gebeten, zur Testamentseröffnung in seine Kanzlei nach Prenzlau zu kommen.

Die in einem alten Haus gelegenen Büroräume waren modern eingerichtet. Clara fand, dass ihr Vater seine Blicke einen Moment zu lange auf der üppigen Schönheit, die sie empfing, ruhen ließ. Susanna machte große Augen, als sie Clara und Johannes erkannte. „Was machen sie denn hier?", wollte sie wissen. „Na ja." sagte Johannes und hielt ihr seinen Brief vor die Nase. „Ich habe einen Brief von Dr. Marquardt bekommen, indem steht, Clara und ich sollen uns heute hier um zehn Uhr einfinden." Er sah auf seine Armbanduhr. „Und da es fünf Minuten vor zehn ist, sind wir hier." In diesem Augenblick betraten auch Toni und Dora die Kanzlei. Susannas Augen wurden noch größer. „Die auch?" Verwirrt sahen sich Dora und Toni an, doch Clara meinte nur: „Die haben sicher auch einen Brief bekommen."

„Würden sie mir bitte folgen?" Die üppige Schönheit führte alle Anwesenden in einen Besprechungsraum. Es war ein seltsames Bild. Susanna saß an der einen Seite die Angestellten und Clara an der anderen Seite des länglichen Besprechungstisches. Und am Kopfende hatte Dr. Marquardt Platz genommen. „Guten Tag sehr geehrte Anwesende.", begann der Rechtsanwalt. „Bis auf sie.", er deutete auf Susanna „Und Herrn Rossi.", er sah zu Toni hinüber und lächelte ihn freundlich an, „Dürfte ich den Anwesenden unbekannt sein. Ich bin Dr. Dietmar Marquardt. Ich war der Anwalt des leider verstorbenen Freiherrn Artus von Würmelshausen. Er hat mich zum Verwalter seines Nachlasses bestimmt. Ich gebe die offizielle Bestellung meiner Person, vom Nachlassgericht Prenzlau herum." Dr. Marquardt reichte ein offiziell wirkendes Dokument herum. „Wenn ich nun darum bitten dürfte, dass sie sich jetzt im Gegenzug kurz vorstellen und sich bei meiner reizenden Assistentin ausweisen." Die Vorstellungsrunde war bald zu Ende und Dr. Marquardt schien nervöser zu werden, denn er rutschte auf seinem Stuhl hin und her. „Ich werde jetzt, bevor ich mit dem Verlesen des Testamentes beginne, eine kurze Videobotschaft des Erblassers abspielen." Das Mobiltelefon auf dem Tisch vor dem Anwalt vibrierte.

Offensichtlich hatte er eine Nachricht erhalten. Er las sie kurz, sein Gesicht entspannte sich. Auf einem Pad, das vor ihm auf dem Tisch lag, startete Dr. Marquardt die angekündigte Videosequenz. Ein großer Monitor, der hinter ihm an der Wand hing, flimmerte kurz und zeigte dann das Bild von Artus. Dieser lag in einem Krankenhausbett, mit aufgerichtetem Rückenteil und sah in die Kamera. Er sah nicht ganz so schlecht aus wie Johannes ihn in Erinnerung hatte. Seine Haare waren gekämmt und man hatte ihn offenbar rasiert. Seine Stimme drang schwach, aber durch ein Mikrophon verstärkt, klar aus einem Lautsprecher. „Kann ich sprechen?", fragte er denjenigen, der die Kamera auf ihn richtete. Offenbar hatte ihm jemand die Bestätigung dafür gegeben und Artus begann. „Wenn ihr meine lieben Erben, diesen Film hier zu sehen bekommt, dann bin ich nicht mehr. Da ich auch nicht weiß, ob ich mich noch bei euch allen, in einer würdigen Form verabschieden kann, habe ich diesen Weg gewählt. Es geht zu Ende mit mir. Ich möchte zunächst dem Herrn dafür danken, dass er mir ein solch erfülltes und langes Leben geschenkt hat. Ich habe vieles erlebt und vieles erreicht. Dabei bin ich nicht immer einen geraden, oder gar legalen Weg gegangen. Dafür möchte ich mich bei all denjenigen entschuldigen, denen ich auf meinem Lebensweg Unrecht getan oder verletzt habe. Ich hoffe sie können meine Entschuldigung annehmen." Artus räusperte sich und trank etwas, bevor er fortfuhr: „Ich habe mir Gedanken darüber gemacht, wie ich meine Hinterlassenschaft aufteile. Herr Dr. Marquardt wird nach dieser kleinen Botschaft an euch, allen Erbberechtigten mitteilen, wie ich diese Aufteilung vorgenommen habe. Bevor er dies tut, möchte ich aber an jeden einzelnen von Ihnen noch ein paar Worte richten. Ich denke, ich fange mit meinem ältesten Weggefährten an. Lieber Toni, du hast mich viele Jahrzehnte begleitet, hast all meine Eskapaden und Launen mit einem dolce Vita Lächeln und viel Humor ertragen. Wir haben gemeinsam so manches Abenteuer erlebt und du hast mir oft aus der Patsche geholfen. Jetzt wirst du den Rest deines Lebensweges ohne mich beschreiten. Ich habe dafür gesorgt, dass es dir dabei an nichts fehlen wird. Lebe wohl mein Freund.

Das gleiche gilt für dich liebe Dorothea. Seitdem ich in das Herrenhaus eingezogen bin, hast du immer dafür gesorgt, dass es dort das beste Essen gab, du hast immer hinter mir hergeräumt und dabei nie die Geduld mit mir verloren. Wenn wir Gäste hatten, haben sich diese hier so wohl wie zuhause, ach was sage ich, wohler als zuhause gefühlt." Dora ließ einen tiefen Schluchzer hören. Auch dir wünsche ich, dass es dir weiterhin gut geht." Dora sah für einen kurzen Moment zu Susanna hinüber, deren Mund zu einem schmalen Strich zusammengepresst war und deren Augen verächtlich funkelten. „Ich habe auch für dich vorgesorgt.

Nun zu den Mitgliedern unseres Hauses, die erst seit kurzem in unserer Mitte weilen. Johannes, du hast dafür gesorgt, dass das Haus wieder in den Zustand versetzt wurde, indem ich es gerne habe. Außerdem hast du mir in vielerlei Hinsicht die Augen geöffnet. Dafür möchte ich dir danken und ich wünsche mir, dass du deine Arbeit hier so lange wie möglich fortsetzt. Ich denke, auch das wird durch meine Vorkehrungen möglich sein." Susanna klappte den Mund auf und zu. „Aber, aber." Mehr konnte sie nicht hervorbringen, da Artus weitersprach. „Nun komme ich zu der Jüngsten. Liebe Clara, ich habe mich gefreut, dich und deine Katze kennengelernt zu haben. Durch dich ist mir wieder bewusst geworden, dass ich den Staffelstab weitergeben muss, dass alles im Leben weiter geht und nicht immer alles schlechter ist, als zuvor. Aber durch dich wurde mir auch wieder in Erinnerung gerufen, dass man nicht alles glauben darf, was man gesagt bekommt. Ich hatte diese Erfahrung zwar schon des öften gemacht, aber manches vergisst man leider, weil man vielleicht auch eher an das Gute im Menschen glaubt, oder aber ein alter, von

Schuldgefühlen geplagter, sentimentaler Trottel ist. Wie dem auch sei, ich danke dir dafür und wünsche dir und Basted noch viel Vergnügen hier im Herrenhaus. Ich habe mir erlaubt auch für deinen Lebensweg ein wenig vorzusorgen." Clara riss die Augen auf. „Für mich?", sagte sie leise und sah fragend zu ihrem Vater, der ihre Hand nahm und sie drückte, während er sie anlächelte.

Es trat eine kurze Pause ein, während Artus noch einmal einen Schluck Wasser trank und sich etwas aufrechter hinsetzte. „Nun zu der letzten hier anwesenden Person, zu dir Susanna." Artus machte eine Pause, atmete tief ein und aus und schob sich den kleinen Sauerstoffschlauch weiter in die Nase, um besser Luft zu bekommen. Es schien ihn alles sichtlich anzustrengen. Er sammelte sich und es schien so als konzentrierte er sich auf das was er jetzt sagen wollte. Dann fuhr er fort und seine Stimme wurde lauter, klarer und härter. „Oder soll ich besser Stephanie zu dir sagen, Stephanie von Bräuning?" Als ob er gewusst hätte, dass er mit seinem letzten Satz für Verwirrung bei allen Anwesenden sorgen würde, machte er eine Pause. Wieder trank er einen Schluck. Susanna sprang auf. Panisch blickte sie in die Runde. „Setzen sie sich wieder hin!", herrschte sie der Rechtsanwalt an. Da dies auf die angesprochene keinen Eindruck zu machen schien, erhob sich nun seinerseits Johannes und sagte in sehr bedrohlichem Ton: „Hinsetzen!" Erschrocken setzte sich die Angesprochene. „Können wir fortfahren?", erkundigte sich der Rechtsanwalt, der inzwischen die Wiedergabe gestoppt hatte. Er wollte den Film gerade weiterlaufen lassen, als die junge Frau Anstalten machte, ihre Sachen zusammenzupacken. Johannes schnappte sich ihre

Handtasche und drückte sie in ihren Sitz. „Sie gehen nirgendwohin. Sie hören sich das jetzt an!" „Wollen sie mich etwa daran hindern zu gehen?", sagte sie und Speichel spritzte dabei aus ihrem Mund. „Allerdings werde ich das tun, worauf sie sich verlassen können. Halten sie jetzt den Mund und hören sie zu!" Mit vor Wut verzerrtem Gesicht und verschränkten Armen, ließ sich die junge Frau wieder auf ihren Stuhl fallen. Demonstrativ drehte sie ihr Gesicht vom Monitor weg. Dr. Marquardt schaltete die Wiedergabe wieder ein. -„Dank Clara und der Freundin von Johannes habe ich interessante Dinge erfahren. Vielleicht sehen sie sich alle die folgenden Bilder aus dem Jahrbuch des Instituts vom Rosenzweig an, an dem Susanna ihre Schulausbildung genoss, bis sie neunzehn Jahre alt war. Hier sehen sie sie im Alter von zehn Jahren." Ein Foto der zehnjährigen Susanna wurde eingeblendet. „Das nächste Bild zeigt ein anderes Mädchen im gleichen Alter. Aber achten sie bitte auf die Bildunterschrift." Dort stand der Name Stephanie von Bräuning. „Auf den nächsten beiden Fotos sehen sie die gleichen Mädchen, allerdings im Alter von 19 Jahren in der Abschluss Klasse." Auf dem Bild mit der Unterschrift Stephanie von Bräuning, war ganz eindeutig die hier anwesende Frau zu erkennen. „Ich habe Susanna nur einmal gesehen, nämlich als sie nach dem Tode ihrer Mutter zu mir gebracht wurde. Es ist bestimmt keine Glanzleistung von mir, dass ich mich, außer ihre Ausbildung zu finanzieren, nicht wirklich um meine Enkelin gekümmert habe. Daher habe ich nicht gesehen, wie sie von einem kleinen Mädchen, zu einer jungen Frau herangewachsen ist. Wir hatten jahrelang überhauptkeinen Kontakt. Ich habe sie erst wieder gesehen, als sie hier vor drei Jahren, nach Abschluss ihrer Ausbildung, aufgetaucht ist. Sie werden feststellen, dass die beiden Mädchen sich immer recht ähnlichgesehen haben. Aber ebenso können sie klar erkennen, welcher Name unter dem Foto, der bei ihnen anwesenden jungen Frau, steht. Nämlich Stephanie von Bräuning" „Das ist nur eine dumme Verwechselung. Da hat man eben einen falschen Namen unter mein Bild gesetzt. Sowas soll vorkommen.", keifte die junge Frau jetzt. Inzwischen hatte der Anwalt die Wiedergabe gestoppt, nur um diese jetzt wieder zu starten. „Natürlich hätte es sein können.", fuhr Artus fort, „Dass eine Verwechselung vorliegt. Ich habe Clara gebeten, dies zu überprüfen. Das Ergebnis ist eindeutig. Ein Lehrer, der beide Mädchen unterrichtet hatte, bestätigte die jeweilige Identität der beiden." „Das ist doch alles hanebüchener Unsinn.", meckerte die junge Frau dazwischen. Der Rechtsanwalt hob die Hand und gebot ihr zu schweigen. Aus dem Lautsprecher war nun wieder Artus Stimme zu hören. „Es gibt noch einige andere interessante Dinge, die herausgefunden wurden. Ein Zeitungsartikel wurde eingeblendet. >Privatbank Bräuning pleite<, stand da in fetten Lettern. „Was hat das denn alles mit mir zu tun?", rief die junge Frau ungehalten dazwischen. Ein weitere Artikel folgte aus dem hervorging das der Vater einer gewissen Stephanie Bräuning mit seinem Privatvermögen für die Pleite haftet, dann eine Schlagzeile, die darüber berichtete, dass sich Herr von Bräuning der Verhaftung entzogen hätte, Betrugs- und Unterschlagungsvorwürfe waren erhoben und der Bankier verurteilt worden. Anschließend war er untergetaucht. Damit war die Tochter des Herrn von Bräuning plötzlich mittellos.", sagte Artus abschließend. „Und nun geschah etwas sehr Tragisches." Wieder war ein Zeitungsartikel auf dem

Monitor zu sehen, welcher von einem tödlichen Unfall berichtete. >Tochter des untergetauchten Pleitebankiers von Bräuning, bei schwerem Autounfall tödlich verunglückt. Bis zur Unkenntlichkeit verbrannte Leiche, neben dem Fahrzeug gefunden. Aus ungeklärter Ursache war der Sportwagen Frau von Bräunings, von der Fahrbahn abgekommen und gegen einen Baum geprallt. Das Fahrzeug fing Feuer und brannte aus. Rätselhaft sei lediglich die Tatsache, wie die völlig verkohlte Leiche neben das Auto gelangt sei<. „Die Polizei.", so sprach Artus weiter, „Konnte sich bis heute keinen Reim darauf machen. Dieser Umstand konnte bis heute nicht geklärt werden." Artus deutete aus dem Monitor heraus auf eine Person, die er nicht sehen konnte, von der er aber wusste, dass sie dem Raum sein würde, in welchen man diesen Film jetzt sah. „Sie Frau von Bräuning.", es war jedem klar wen Artus meinte „Sie wissen ganz genau was geschehen ist." Durch die Aufregung beschleunigte sich sein Puls, was jeder auf dem Herzmonitor, der neben Artus stand, sehen konnte. Nun trat Dr. Marquart ins Bild. „Rege dich bitte nicht so auf mein Lieber.", sagte er zu dem im Bett liegenden. Eine Schwester und ein Arzt kamen ins Bild, das kurz darauf schwarz wurde. Alle blickten auf Susanna, oder vielleicht doch Stephanie, die jetzt aufsprang und gewaltsam versuchte, sich einen Weg aus dem Zimmer zu bahnen. Doch Toni und Johannes stellten sich ihr in den Weg. „Rimani qui criminale", fauchte Toni. Und Johannes fügte in wesentlich ruhigerem Ton hinzu. „Sie setzen sich besser wieder, verstanden?" Sie riss sich von Toni los der sie festgehalten hatte. „Fassen sie mich nicht an!" Dann setzte sie sich mit beleidigtem Gesichtsausdruck wieder auf ihren Stuhl. „Was soll das alles? Was wollen sie denn von mir?" Nun ergriff der Rechtsanwalt das Wort. „Soweit wir das recherchiert haben, waren sie sehr eng mit Fräulein von Würmelshausen befreundet. Die Angesprochene sagte nichts, sondern sah nur hasserfüllt den Anwalt an. „Weiter haben wir ermittelt, dass Susanna von Würmelshausen nach Beendigung der Schule, bis zum Beginn des Studiums, bei ihnen Frau von Bräuning gewohnt hat." „Das ist doch alles an den Haaren herbeigezogen. Was soll denn der ganze Unsinn hier? Ich möchte jetzt bitte gehen." „Nur noch einen Augenblick.", sagte Dr. Marquardt und fuhr dann mit seinen Ausführungen fort. „Der tödliche Unfall ereignete sich nur wenige Tage nachdem Herr von Bräuning untergetaucht war. „Ja und? Was wollen sie mir denn mit dieser verrückten Geschichte eigentlich sagen?" „Nun das ist doch offensichtlich. Sie sind nicht Susanna von Würmelshausen. Die ist nämlich bei dem Autounfall ums Leben gekommen. Sie Frau von Bräuning hingegen haben überlebt. Oder waren sie vielleicht gar nicht im Wagen und haben sich von da an, für Susanna ausgegeben. Damit war ihre Zukunft, ihr Studium und wie sie meinten, auch ihr Erbe gesichert. Auch sehr interessant ist, dass sie nur wenige Tage nach dem Unfall beim Einwohnermeldeamt, einen neuen Ausweis und bei der KFZ-Zulassungsstelle, einen neuen Führerschein beantragt haben. In den Akten steht sie hätten angegeben, ihre Handtasche mit allen Papieren wäre gestohlen worden." „Ha!", schrie die junge Frau nun. „Jetzt haben sie einen Fehler gemacht. Wie hätte ich denn einen Ausweis beantragen können?" „Nun das ist einfach. Fräulein von Würmelshausen wohnte ja bei ihnen. Da hatte sie sicher auch ihre Papiere bei sich, unter anderem auch ihre Geburtsurkunde. In der Akte steht, dass sie sich mit eben diesem Dokument ausgewiesen hätten. Sie haben einfach die Urkunde der Toten an sich genommen und damit ihre Identität gewechselt. Nirgendwo gab es ein Foto, dass bewiesen hätte, wer sie wirklich sind. Größe, Haar- und Augenfarbe stimmten zufällig. Sie haben die Gunst der Stunde genutzt. Jetzt da ihr Vater untergetaucht und sie mittellos und ohne Aussicht auf die Weiterführung ihrer Ausbildung waren, nutzten sie den Tod ihrer Freundin und ehemaligen Klassenkameradin aus. Sie sind in Wirklichkeit niemand anderes als Stephanie von Bräuning. Geben sie es zu!" Der Anwalt war zur Höchstform aufgelaufen und schrie beinahe. „Wissen sie was.", entgegnete sie ihm. „Ich gebe gar nichts zu und außerdem gehe ich jetzt. Sie können mir hier gar nichts beweisen." Sie erhob sich. „Sicher können sie gehen, aber nicht dorthin, wo sie hinwollen." Wie aufs Stichwort öffnete sich die Türe zum Sitzungszimmer und zwei uniformierte Beamte der Polizei und ein Mann in zivil kamen herein. Der Mann in zivil hielt ihr eine Marke vor das Gesicht. „Hauptkommissar Thomsen, Kriminalpolizei. Frau Stephanie von Bräuning, ich nehme sie fest, wegen Verdachts auf Mord, Totschlag, oder unterlassene Hilfeleistung mit Todesfolge, zum Nachteil von Susanna von Würmelshausen, für die sie sich ja inzwischen ausgeben." „Aber ich bin Susanna von Würmelshausen.", entgegnete sie flehentlich. „Das wird ein Gentest sicher zweifelsfrei feststellen.", entgegnete nun der Rechtsanwalt. „Und mein Erbe?" „Diese Frage können sie sich doch selbst beantworten. Keine Verwandtschaft, kein Erbe." „Abführen.", sagte der Hauptkommissar und die beiden anderen Polizisten führten die Frau aus dem Zimmer.

Kapitel 12

„Ich denke wir alle haben jetzt, nach diesem doch
sehr aufregenden Ereignis, eine kleine Stärkung
verdient.", wendete sich der Anwalt an die
Anwesenden. Dora sah noch immer ein wenig
verwirrt aus, doch Toni hatte schnell begriffen, dass
Stephanie von Bräuning eine Betrügerin war, die sie
alle, drei Jahre lang, an der Nase herumgeführt
hatte und fluchte unablässig leise auf Italienisch vor
sich hin. „Ein Glück ist die Polizei rechtzeitig
gekommen.", sagte Dr. Marquardt gerade zu
Johannes, als die Dame aus dem Vorzimmer, einen
kleinen Wagen mit verschiedenen Getränken, Kaffee
und Gebäck ins Zimmer schob. „Ich konnte mit
diesem kleinen Schauspiel ja erst beginnen, als ich
mir sicher sein konnte, dass man diese Frau.", die
letzten beiden Worte spie der Anwalt förmlich aus
„Auch von behördlicher Seite in Gewahrsam
nimmt." Der Kaffee wurde gereicht. „Woher wussten
sie eigentlich, dass die Polizei eingetroffen war?",
wollte Johannes nun wissen. „Die SMS die ich
vorhin bekommen habe. Erinnern sie sich, als mein
Handy auf dem Tisch vibrierte?" Johannes nickte.
Währenddessen wollte Toni von Clara wissen, wieso
sie das alles herausgefunden hatten. „Diese
Stephanie hat Paula, bei ihrem letzten Besuch im
Herrenhaus übel beschimpft. Da wollten wir wissen,
ob es irgendwas im Internet über sie zu erfahren
gibt. Ob sie in den Sozialen Medien vertreten ist,
oder so was. Wir fanden aber nichts, rein gar nichts.
Da ist mir eingefallen, das Paps mit davon erzählt
hat, wo diese Person zur Schule gegangen ist. Auf
der Homepage des Internates, konnte man sich die
Jahrbücher mit den Fotos der Schüler und
Schülerinnen betrachten. Du kannst dir sicher
vorstellen, wie überrascht wir waren, als ein anderer

Name unter Susannas Foto stand. Der Rest war dann einfach. Wir suchten nach Stephanie von Bräuning und wurden vor allem bei ihrem Vater fündig." „Wie der Herr sos Gscherr, wie man so sagt.", ließ sich jetzt auch Dora vernehmen.

Eine halbe Stunde später, hatten sich die Gemüter ein wenig beruhigt und Dr. Marquardt bat die Anwesenden doch wieder ihre Plätze einzunehmen.

„Nach diesem doch recht besonderen Ereignis, sie können mir glauben meine Damen und Herren, so etwas habe ich in meiner gesamten Laufbahn, als Anwalt, auch noch nie erlebt, fahren wir nun mit der Testamentseröffnung fort. Wie eingangs erwähnt, bin ich vom Nachlassgericht auf Wunsch von Herrn Artus Freiherr von Würmelshausen damit beauftragt. Die entsprechende Urkunde hatte ich ihnen bereits gezeigt und sie alle haben sich per Personalausweis ausgewiesen. Ich beginne nun mit dem Verlesen des letzten Willens von Artus Freiherr von Würmelshausen.

Ad 1. Ich vermache Herrn Antonio Rossi, meinem langjährigen Weggefährten und Freund die Hälfte meines derzeitigen Barvermögens.

Ad 2. Frau Dorothea Cislak soll die andere Hälfte meines Barvermögens erhalten.

Ad 3. Frau Clara Kipnik erbt die Marketerie Kommode aus dem Raum hinter dem indischen Fenster.

Ad 4. Herr Johannes Kipnik erbt das Herrenhaus, mitsamt seiner Einrichtung und die es umgebenden Ländereien."

Es war so still im Raum, dass man eine Nadel hätte fallen hören können, bis Toni sich Luft machte, indem er sagte: „Santa Madre di dio, grazie mille caro Artus." Er sah gen Himmel und faltete die Hände. Dora hatte sich die Hände vors Gesicht geschlagen und weinte hemmungslos. Clara und Johannes sahen sich mit großen Augen an. „Du bekommst das Herrenhaus? Das ist ja irre. Ab jetzt sage ich nur noch von Paps zu dir." Sie kicherte. „Und ich habe diese schöne Kommode bekommen, Wahnsinn." Johannes atmete tief ein und aus. „Ich muss das jetzt erst einmal verarbeiten, ich habe ein Haus geerbt und was für eins. Ich weiß noch gar nicht, was das für mich alles bedeutet. Dieses Haus zu erhalten, kostet Unsummen." Dann sprach Dr. Marquardt wieder. „Ich habe hier noch für jeden von ihnen einen persönlichen Brief des Freiherrn. „Der hier ist für Herrn Rossi.", er reichte Toni einen Umschlag." Hier haben wir einen für Frau Kipnik und der ist für sie Frau Cislak. Und zu guter Letzt ist dieser hier für sie Herr Kipnik." Er verteilte die Briefe. Ein wenig ratlos hielten sie nun alle ihre Briefe, wie kleine Überraschungspakete in Händen. „Ich denke.", begann der Anwalt, „Jetzt noch ein Schlückchen Sekt zum Abschluss?" Er sah fragend in die Runde.

Zuhause angekommen setzten sich Clara und Johannes im Wohnzimmer auf ihre Lieblingsplätze und zogen ihre Briefe hervor. „Wollen wir sie uns gegenseitig vorlesen? Was meinst du Paps?" „Gute Idee, möchtest du anfangen?" Ohne zu antworten, riss Clara ihren Briefumschlag vorsichtig auf und faltete das Papier auseinander. Kurz überflog sie das Blatt, dann begann sie vorzulesen:
„Liebe Clara, ich möchte dir noch einmal herzlich dafür danken, dass du, wie sagt man so schön,

etwas Leben in die Bude gebracht hast. Das Gleiche gilt natürlich auch für deine Katze Basted. Außerdem war es wirklich von großer Wichtigkeit, dass ihr das mit der Betrügerin herausgefunden habt. Ich bereue es zutiefst, dass ich mich nicht mehr um meine Enkelin gekümmert und keine Beziehung zu ihr aufgebaut habe. Vielleicht kann ich mein Versäumnis postum, an dir ein wenig wieder gut machen. Wie du bereits von Herrn Rechtsanwalt Dr. Marquardt erfahren hast, habe ich mir gedacht, dass ich dir aus meinem Nachlass gerne die hübsche Kommode, aus dem Zimmer hinter dem indischen Fenster, zukommen lassen möchte. Ich nehme an, du oder ihr habt bereits herausgefunden, worum es sich bei der Kommode handelt. Wenn nicht, dann will ich es dir kurz erläutern. Die Kommode stammt vermutlich aus der Mitte des 18. Jahrhunderts. Es ist eine sogenannte Marketerie Kommode, also eine mit hölzernen Einlegearbeiten verzierte Kommode. Palisander-, Birnen- und Zitronenholzelemente sind darauf zu finden. Sie stammt aus dem Rastatter Residenzschloss und hat einmal Ludwig Georg, dem Markgrafen von Baden-Baden gehört. Zum Wert kann ich nicht viel sagen, 50.000 Euro vielleicht" Clara starrte ihren Vater an. „50.000, das kann ich doch gar nicht annehmen." „Nun.", sagte Johannes schmunzelnd. „Dann musst du das Erbe ganz offiziell ablehnen. Und dann erbe ich der Erbfolge zufolge, auch noch die Kommode." Sein Grinsen wurde breiter. „Soso, das kommt ja gar nicht in Frage. Außerdem würde ich sie ja so oder so wieder bekommen, wenn du bei den Englein bist, was natürlich noch ganz, ganz viel Zeit hat." „Außer ich verjubele alles.", sagte Johannes und streckte Clara die Zunge heraus. „Machst du sowieso nicht.", sagte sie und wendete sich wieder ihrem Brief zu und las weiter. „Allerdings ist es nicht einfach nur eine kleine, hübsche, alte Kommode. Du hast mich ja schon ein wenig kennen gelernt und mitbekommen, dass ich Geheimnisse mag. Vielleicht ist dir aufgefallen, dass in der Platte der Kommode gläserne Elemente eingelassen sind, die von innen heraus mit einer Beleuchtung angestrahlt werden können. Eines dieser Elemente ist allerdings nicht aus Glas, sondern einem ganz anderen Material. Als kleinen Tipp möchte ich dir noch einen Hinweis geben. In Indien haben früher die Großmoguln geherrscht. Und das was sich in der Kommode befindet, ist nach eben diesen Herrschern benannt. Solltest du finanzielle Mittel für deine Ausbildung, oder für andere Dinge auf deinem weiteren Lebensweg benötigen, wird dir der Erlös aus diesem kleinen Geheimnis, genügend Mittel dafür bereitstellen. Ich wünsche dir für die Zukunft alles erdenklich Gute, viel Glück und Gesundheit und sei nett zu Clemens. Mit herzlichen Grüßen Artus."

Sie ließ den Brief sinken. „Noch ein Geheimnis? Großmoguln? Was hat er geschrieben? So hießen früher die indischen Herrscher. War nicht auf einem der Gemälde im indischen Zimmer so ein Großmogul abgebildet? Was hat das aber mit dem Schränkchen zu tun?" „Keine Ahnung.", antwortete Johannes, „Aber das finden wir sicher heraus. Wir setzen uns nachher an deinen Computer. Wollen wir mal sehen was in meinem Brief steht?" „Ja klar, lies vor Paps."

„Lieber Johannes, es war ein Glück für mich, das sie sich für mich und das Herrenhaus entschieden haben. Es war gar nicht so einfach gewesen, jemanden zu finden, der zum einen hier in der Abgeschiedenheit der Uckermark arbeiten wollte und zum anderen der Aufgabe das Haus in Schuss zu halten, auch gewachsen ist. Sie haben es in kurzer Zeit geschafft sich zu integrieren und ein gutes Verhältnis zu den anderen Mitgliedern meines Haushaltes aufzubauen. Ich habe noch eine Bitte an sie. Kümmern sie sich bitte um Toni und Dora, falls notwendig. Vielen Dank dafür. Sie waren sicher sehr überrascht, dass ich ihnen das Haus vermacht habe. Für Toni und Dora wäre es zu viel gewesen und da Susi nicht Susi, sondern eine Betrügerin ist, gibt es keinen anderen, an den ich das Haus abgeben kann und vor allem will. Mir ist durchaus bewusst, dass es eine große Verantwortung ist, die ich ihnen da auferlege. Es wäre mein Wunsch, dass sie sich auch weiterhin um das Herrenhaus kümmern. Damit sie dazu auch finanziell in der Lage sind, habe ich für sie ein kleines Geheimnis, das sie sicher lüften werden. Sehen sie sich doch einmal die Provenienz des Gemäldes hinter dem Sizilianischen Fenster an. Für weitere Beratungen hinsichtlich dessen, wie man damit verfahren könnte, können sie sich vertrauensvoll an Dr. Marquardt wenden." „Für dich gibt es also auch noch ein Geheimnis, krass!", sagte Clara begeistert. Johannes gab einen Seufzer der Überwältigung von sich. „Puh, ja." Er las den letzten Absatz vor. „Wie auch immer sie sich entscheiden mögen, sorgen sie bitte dafür, dass mein Lebenswerk sich nicht in Luft auflöst. Für ihre Zukunft wünsche ich ihnen viel Glück, Gesundheit und Erfolg. So verbleibe ich mit herzlichen Grüßen Ihr Artus.

Die beiden sahen sich an und grinsten. „Los wir gehen zu Dora und Toni. Mal sehen, was in ihren Briefen steht.", meinte Johannes. „Aber die Geheimnisse?", entgegnete Clara. „Die laufen uns bestimmt nicht weg. Darum kümmern wir uns heute Abend. Wir können ja Paula und Clemens fragen, ob sie uns dabei Gesellschaft leisten wollen. Was meinst du?" „Prima Idee.", sagte Clara und zog ihr Smartphone hervor.

Dora und Toni hatten sie mit Freudentränen in den Augen empfangen. Sie hatten beide bereits in der Küche gesessen, vor ihnen eine fast leere Flasche Vino Tinto. Ihre Briefe lagen auf dem Tisch. Sie waren ähnlich gehalten wie diejenigen, die Clara und Johannes bekommen hatten. Das Barvermögen des Freiherrn hatte sich auf ca. 12 Millionen Euro belaufen. Abzüglich der Erbschaftssteuer bei diesem Betrag blieben jedem der beiden etwa fünf Millionen. Dora wollte sofort ihren beiden Kindern mindestens eine Million schenken und Toni meinte, er wolle einmal in ein feines Spielcasino gehen und es so richtig krachen lassen. Johannes mahnte sie doch erstmal abzuwarten und sich mit einem klugen Finanzberater in Verbindung zu setzen, damit sie ab jetzt ein sorgenfreies Leben führen könnten. „Ein sorgenfreies Leben hatte ich bis jetzt auch schon.", sagte Dora und Toni stimmte ihr zu. „Ok, dann sagen wir mal ein sorgenfreies Leben im Luxus zu führen." „Toni kratzte sich am Kopf und sagte dann. „Ich würde am liebsten hierbleiben. Ich bin schon alt und möchte eigentlich nirgendwo anderes leben." Clara sagte glucksend, „Ich werde mal mit dem neuen Eigentümer sprechen.", stemmte ihre Hände in die Hüften und sagte an Johannes gewendet. „Ich will das Toni und Dora hierbleiben! Sagst du gleich ja, oder muss ich dich erst wieder um den Finger wickeln." Johannes zuckte gespielt resigniert mit den Schultern und sagte. „Seht ihr, so ergeht mir das immer." Nach einem kurzen Augenblick des Schweigens musste er lachen und sagte, „Aber sicher bleibt ihr alle hier." Wir gehören doch zusammen." Daraufhin goss Toni jedem ein Gläschen Wein ein. „Bitte für Clara nur ein ganz kleines Schlückchen.", sagte Johannes. „Ach Paps, manchmal stellst du dich so an, als ob ich noch ein Baby wäre." Toni, der Johannes Einwand ohnehin ignoriert hatte, füllte auch Claras Glas. Sie prosteten sich zu und stießen an. „Auf Artus, auf das Herrenhaus und auf uns!", sagte Johannes feierlich. „Apropos Artus.", sagte Dora. „Kannst du damit etwas anfangen?" Sie hielt ihm ihren Brief hin, den sie von Artus bekommen hatte. „Was meint er denn damit? Er hat mir einen Ring vermacht und du wüsstest, wo er sei." „Ich habe auch so was Komisches in meinem Brief gefunden.", sagte Toni. „Ich soll noch ein Taschenmesser bekommen. Ich soll dich danach fragen Johannes." Das ihm, Johannes, nun auch der Giacometti und die Armbanduhr gehören würde, darüber wurde er sich im selben Augenblick bewusst. „Clara, was meinst du. Wollen wir es ihnen zeigen?"

Epilog

Etwa drei Monate später betraten Paula, Johannes, Clara und Clemens, einen sehr eleganten Ausstellungsraum. Die Frau, die sie durch verschiedene opulent ausgestattete Räume bis hierhergeführt hatte, war die Direktorin des renommierten privaten Isabell Stewart Gardner Museums in Boston. Das von außen betrachtet, sehr schlichte, vierflügelige Gebäude, umschließt einen glasgedeckten Innenhof im venezianischen Stil, der mit verschiedenen Skulpturen ausgestattet und mit mediterranen Pflanzen bestückt, den Flair Italiens verströmt. Das Museum wurde von der US-amerikanischen Kunstsammlerin Isabell Stewart Gardner bis 1903, im Stil eines Venezianischen Palazzos errichtet. Konnte es sein, dass Artus seine Ideen für die Ausgestaltung des Herrenhauses von hier entlehnt hatte? Es gab verschiedene Säle, die Einrichtungen aus verschiedenen Regionen der Welt zeigten. Die Namen, die sie trugen, rührten von den Kunstwerken her, die sie beherbergten. So gab es im Erdgeschoss zum Beispiel einen Raum, der den Namen -Spanisches Kloster- trug. Oder die -Chinesische Loggia-, die wie er es vom Herrenhaus kannte, eine große Buddhafigur und chinesische Einrichtungsgegenstände zeigte. In der ersten Etage gab es unteranderem, den -Frühen italienischen Raum- und eben den Raum, in dem sie sich jetzt befanden, das -Holländische Zimmer-. Hier waren Gemälde von Dürer, Anthonis van Dyck, Holbein, Rubens und Francisco de Zurbaran ausgestellt. Jetzt aber standen sie vor einem Gemälde des holländischen Malers Jan Vermeer. Auf einer kleinen Messingtafel, die unter dem Bild angebracht war, stand in englischer Sprache >Das Konzert. 1665/66.< Die Frau streckte ihre Hand aus und dankte Johannes, für die freundliche Rückgabe des Bildes an den Eigentümer. Es folgte ein Blitzlichtgewitter, der anwesenden Pressevertreter. Als man später im dritten Stock im Saal von Verona auf ganz ähnlichen Sesseln und Sofas, wie sie sie vom sizilianischen Salon im Herrenhaus her kannten, Platz genommen hatte, erzählte ihnen die Direktorin eine interessante Geschichte. Am 18. März 1990 waren zwei als Polizisten verkleidete Männer ins Museum eingedrungen und hatten insgesamt 13 Kunstwerke gestohlen, die seitdem verschollen sind. Selbst das FBI hatte keinen Erfolg bei der Suche. Ein Expertenteam hatte das Bild auf zweihundertfünfzig Millionen Dollar geschätzt. Das Konzert von Jan Vermeer ist das teuerste jemals gestohlene Gemälde. Für die Rückgabe des Gemäldes, erhielt Johannes einen Finderlohn in Höhe von fünf Prozent des Schätzwertes. Mit der Hilfe von Dr. Marquardt, waren sie in Verbindung mit dem Museum getreten und hatten eine entsprechende Reglung gefunden. Da Johannes sofort, als er Kenntnis davon erlangt hatte, dass es sich um Diebesgut handelt, die richtigen Schritte eingeleitet hatte, konnte er nicht belangt werden. Eine diesbezügliche Untersuchung der Staatsanwaltschaft, blieb für ihn ohne Folgen. Das Geld hatte er, auf Anraten Dr. Marquardts, zu einem großen Teil, in eine Stiftung zum Erhalt des Herrenhauses überführt. Der Teil, den er für sich behielt, erlaubte ihm ein finanziell unabhängiges, sorgenfreies Leben. Clara hatte natürlich auch das Geheimnis um den Großmogul lüften können. Bei ihm handelt es sich um den fünftgrößten, jemals gefundenen Diamanten. Seinen Namen erhielt er vom Titel Großmogul, den die Herrscher des Mogulreiches führten. Der Edelstein gehörte neben Pfauenthron und Koh-i-Noor, einem weiteren berühmten Diamanten, zu ihren Insignien. Der Großmogul wurde um 1650 in der indischen Kollur-Mine in Golkonda gefunden. Das Rohgewicht betrug 797,5 Karat. Das sind 159,5 Gramm. Im 17. Jahrhundert wurde er angeblich von dem venezianischen Steinschleifer Hortentio Borgis zu einer spitzkegeligen Rose geschliffen. Die einzige erhaltene Beschreibung des bläulichen Diamanten durch einen Europäer, lieferte 1665 der Franzose Jean-Baptiste Tavernier, einem französischen Reisenden, der Baron von Aubonne in der Schweiz war. Seit der Eroberung Delhis durch Nadir Schah im Jahre 1739, der Persien von 1736 bis 47 regierte und als der zweite Alexander oder Napoleon Persiens bezeichnet wird, gilt der Stein als verschwunden. Und das sollte zunächst auch so bleiben. Clara jedenfalls hatte sich dazu entschlossen, den Stein dort zu belassen, wo er war. Nur manchmal ging sie in das Zimmer hinter dem indischen Fenster und schaltete das Licht in der Kommode an und betrachtete die Lichtreflexe, die der im indischen Rosenschliff bearbeitete Stein an die Decke warf. Auch die anderen Kunstgegenstände beließen sie dort, wo sie waren. Selbst der Ring, das Taschenmesser und die Uhr blieben in ihren Verstecken. Gab es denn einen sichereren Ort dafür? Hinter dem sizilianischen Fenster hing nun ein leerer Rahmen. Dies hatte man sich von dem Museum in Boston abgeschaut. Dort hatte man auch anstelle der gestohlenen Bilder nie etwas anderes, als die leeren Rahmen hängen lassen. Gemeinsam hatte man den Entschluss gefasst, das Herrenhaus, als Hotel und Segelschule zu nutzen. Dazu würde man in dem Wäldchen, dass das Haupthaus umgab, ein weiteres Haus mit einfacheren Zimmern bauen lassen. Weitere kleine Bootshäuser wurden geplant und jeder sollte

Miteigentümer werden. Auch Paula würde mit ihrer Segelschule einen Anteil an diesem Unternehmen haben. Stephanie von Bräuning konnte des Betruges überführt werden, aber der Mord an Artus Enkelin konnte ihr nicht nachgewiesen werden. Jetzt saßen sie zu acht in einem Pool einer tropischen exklusiven Hotelanlage, jeder mit einem Cocktail in der Hand und prosteten sich zu.

„Wir schwören feierlich, dass wie nie die Geheimnisse des Herrenhauses preisgeben werden.", sagten sie im Chor und hoben ihre Gläser.

Nachwort

Die Orte in diesem Buch sind alle authentisch. Nur das Herrenhaus, seine Geheimnisse und seine Bewohner hat es nie gegeben.

Ende